Le secret des découvertes

Christiane Desroches Noblecourt

Christiane Desroches Noblecourt a été la première femme membre de l'Institut français d'archéologie orientale du Caire. Conservatrice en chef du département égyptien du musée du Louvre pendant de nombreuses années, cette égyptologue de renommée internationale a été responsable de deux expositions exceptionnelles, sur Toutânkhamon en 1967 et sur Ramsès II en 1976.

À partir de 1938, Christiane Desroches Noblecourt a été régulièrement présente sur le terrain, en Égypte, avec son équipe du CNRS et du CEDÉA (Centre de documentation et d'étude de l'art égyptien).

En collaboration avec l'UNESCO elle a œuvré pour la sauvegarde des temples menacés d'engloutissement par la construction du barrage d'Assouan. Elle s'est également consacrée à la rénovation de la Vallée des Reines. Médaillée de la Résistance, elle est aujourd'hui Conservateur général honoraire du Département des antiquités égyptiennes du musée du Louvre et Grand Officier de l'ordre de la Légion d'honneur.

Christiane Desroches Noblecourt est l'auteur de nombreux ouvrages de référence, notamment *Ramsès II, la véritable histoire* (1996, Pygmalion) ; *La reine mystérieuse Hatshepsout* (2002, Pygmalion) ; *Sous le regard des dieux* (2003, Robert Laffont) ; *Symboles de l'Égypte* (2004, Desclée de Brouwer) et *Le fabuleux héritage de l'Égypte* (2004, éditions Télémaque).

Christiane Desroches Noblecourt

Conservateur général honoraire
Département des antiquités égyptiennes du musée du Louvre
Grand Officier de l'ordre de la Légion d'honneur

Le secret des découvertes

Éditions SW – Télémaque
Paris

ISBN : 978-2-266-17171-7

SOMMAIRE

Deux parmi les tentes de la mission du musée du Louvre à Médamoud en 1939
Photo prise au clair de lune.

Première mission
(en guise de prologue)

Depuis que j'avais localisé, sous le toit de la vieille maison, un nid confortablement organisé par un couple de faucons, je me sentais comme entourée par l'ambiance soyeuse qui s'échappait de leur vol familier. Ces oiseaux incarnaient, pour moi, l'image d'Horus, le divin soleil des anciens Égyptiens au matinal et oriental réveil pénétrant à travers les fenêtres de la façade, intentionnellement dégagées de leurs volets.

Ainsi – naturellement pour moi, l'égyptologue – la présence de la lumière, suivie rapidement d'une douce chaleur, incarnait magistralement l'œuvre universelle de Rê dans toute sa splendeur.

Les mythologies, si bien composées par les anciens Grecs, avaient posé, par l'image, l'éternelle question concernant l'homme : « **Quel est celui qui, le matin, se manifeste à quatre pattes, à midi sur deux pattes et le soir sur trois pattes ?** »

Cependant, bien avant les contemporains de Phidias, les Égyptiens utilisaient les mêmes symboles. Pour eux, ces images se composaient, tout d'abord, du scarabée qui poussait devant lui le « globe » de boue séchée, évoquant le jeune enfant solaire qui n'avait pas encore acquis la position verticale de l'adulte en devenir se déplaçant à quatre pattes. Il figurait ensuite tel un homme dans son plein épanouissement.

Enfin on le trouvait affairé, pour assurer son équilibre défaillant, à marcher à l'aide d'une canne secourable.

Dans ce pays d'Égypte, béni par le soleil aux yeux des hommes des premiers temps, les manifestations de l'astre de lumière, soumises à l'œuvre des saisons, étaient le témoignage d'une main divine démontrant une mécanique surhumaine cycliquement organisée.

Nourrie d'informations générales sérieuses, j'abordais donc, pour la première fois, l'Égypte, pays que j'imaginais encore un peu sous le charme des *Mille et Une Nuits*.

Au palais d'Abdine, au Caire, vivait celui qui fut le dernier souverain du pays, le jeune roi Farouk. Il venait de monter sur le trône à la mort de son père, le roi Fouad, après avoir épousé une jeune noble d'origine turque : Fadila (Sassi) Zulficar.

Christiane Desroches arrive sur son premier chantier de fouilles à Deir el-Médineh en 1938.

Dans la capitale, le petit peuple circulait encore pieds nus, ce qui fut ensuite radicalement défendu, après la pacifique révolution.

À la série des lourds wagons du grand tramway du Caire était rattaché celui qui portait le nom de « Harem », naturellement réservé au strict usage de la gent féminine. C'est dans un de ces véhicules que, pour la première fois, je pris ce tramway qui conduisait, en passant par l'agglomération de Guizé, au pied des pyramides.

Dans les rues de la capitale, les gens du peuple, mais principalement les hommes, circulaient habillés de leurs longues galabiehs. Les dresseurs de singes du Pays de Pount faisaient la joie des badauds. Beaucoup de marchandises étaient livrées dans les demeures par des porteurs qui soutenaient, sur leur tête,

Scène de la vie quotidienne au Caire
Gravure du XIXe siècle

des charges souvent constituées de plateaux assez volumineusement garnis de repas prêts à être dégustés.

Les cireurs de chaussures proposaient leurs services aux passants qui parcouraient les rues dont les trottoirs étaient couverts de poussière ; des bandes de dromadaires, attachés les uns aux autres, étaient conduites par des fellahs rompus à affronter les encombrements qui existaient déjà dans les rues, les places et les bruyants faubourgs du Caire.

Depuis la fin du siècle dernier, il était périlleux de traverser les grandes artères de la capitale aux heures d'affluence, mais tout était possible avec l'aide des Chaouiches (agents de police) aux sourires débonnaires.

Ma première arrivée au Caire, en 1938, était pour moi, comme pour tous ceux qui l'abordaient, une rencontre avec l'agglomération la plus grande du Proche-Orient, une vaste ville au cœur de laquelle la vie occidentale avait largement gagné sur le captivant monde oriental environnant. Mais je sentais, dès l'abord, qu'il me faudrait des années pour la bien pénétrer, afin de la mieux comprendre et pour mieux connaître ses habitants, pour retrouver le vivant souvenir des lointains contemporains des pharaons.

J'avais vingt-trois ans et je venais d'être nommée par le Comité universitaire « ad hoc » de l'Enseignement supérieur la première femme membre de l'IFAO, c'est-à-dire « pensionnaire » de l'Institut français d'archéologie orientale (du Caire), après avoir suivi une longue formation spécialisée en égyptologie à l'école du Louvre, à la Sorbonne, à l'Institut catholique de Paris (langues orientales). J'occupais déjà un poste d'assistante au Département égyptien du musée du Louvre et, munie de mes deux thèses (archéologie et philologie égyptiennes), j'allais, alors, aborder le pays des Pharaons qui, pour moi, était encore une approche mystérieuse.

Dès ma nomination, je rencontrais des difficultés majeures auprès des membres scientifiques de cette prestigieuse *École du Caire* (Institut français d'archéologie orientale du Caire) car la présence de la première femme admise que j'étais, dans leur cénacle très fermé, leur paraissait une offense notoire.

Surmontant le « tir de barrage » des membres scientifiques masculins de cette illustre Institution (cf. p. 224, l'entretien avec A. M. Roméro), je fus d'abord logée au Caire dans le somptueux bâtiment de l'IFAO (l'ancien palais de la princesse Mounira) où je fis connaissance avec sa fameuse, célèbre et savante bibliothèque orientaliste et son imprimerie. Je découvrais ainsi, non loin, le prestigieux musée des Antiquités égyptiennes qui offrait un champ d'études inimaginable. Tout près, le terrain archéologique était ponctué d'innombrables monuments pharaoniques.

Enfin, au Caire, j'avais retrouvé mon savant maître, l'abbé Étienne Drioton, qui venait d'être nommé directeur général du Service des Antiquités de l'Égypte et qui allait m'ouvrir bien des portes.

Dans ce pays baigné par le soleil, les manifestations de l'astre de lumière, soumises cependant à l'œuvre des saisons, avaient été, pour les hommes des premiers temps, le témoignage de l'esprit divin et, naturellement, le résultat d'une mécanique cycliquement organisée. Les moins sensibles des égyptologues ne pouvaient demeurer sans réaction devant cette évidence si naturelle qui les pénétrait dès l'arrivée sur la Terre des Pharaons.

L'abbé Drioton, directeur général du Service des Antiquités d'Égypte portait, en tant que fonctionnaire du pays, le tarbouche (coiffure des musulmans). Il escorte l'ambassadeur de France, M. de Witasse et le directeur de l'École du Caire, M. Pierre Jouguet.

Le premier champ de fouilles auquel je fus affectée par le directeur de l'IFAO fut celui d'Edfou, en Haute-Égypte au sud de Louxor, à plus de 650 km du Caire. J'avais pour mission, sur le chantier où je faisais mes premières armes, de mener des recherches dans la nécropole voisine du temple d'Horus : il s'agissait du chantier franco-polonais, partagé entre l'IFAO au Caire et l'université de Varsovie.

Voici comment se présentait l'organisation de la recherche sur le terrain : il fallait, préparer la mission au Caire même et expédier par péniche, pour remonter le Nil, tout notre matériel (conservé au Caire). Nous devions le retrouver au sud de Louxor, à la hauteur du célèbre temple d'Edfou, dédié au dieu faucon,

Ruines ptolémaïques du temple de Kôm Ombo
Haute-Égypte

sur la rive gauche (occidentale) du Nil où se dresse encore le Kôm constitué des vestiges superposés des ruines antiques de l'antique ville appelée par les Grecs *Apolinopolis Magna*.

Dès que l'intendant de l'IFAO nous eut adressé au Caire le télégramme nous annonçant que le convoi fluvial par péniches était sur le point d'arriver à la hauteur d'Edfou, avec tout le matériel pour notre campement et le travail de la fouille, notre équipe prit le train pour la Haute-Égypte : le déchargement du matériel allait être exécuté sous la surveillance de notre *reis* (contremaître). En quelques jours, à la limite du désert, et avant notre arrivée par train à Louxor, tout avait été déjà déchargé et véhiculé jusqu'au temple d'Horus sur la rive gauche du Nil. Nous avions choisi, pour y faire dresser nos tentes individuelles, l'emplacement situé à l'arrière du temple, planté d'acacias qui embaumaient au moment de la floraison ; à cette époque le

Entrée du temple d'Edfou
Horus est le jeune dieu solaire à tête de faucon.

tourisme n'existait pratiquement pas… et les senteurs étaient pour nous !

Une grandc cabane de bois, démontable, trônait au centre de ce point de vie, où nous pouvions prendre nos repas et où nous avions aménagé un local qui allait nous servir de bureau et aussi de magasin ; il contenait également la table pour l'architecte de notre mission. Une sorte de grand placard attenant nous servait d'atelier photographique.

Aux yeux de tous, l'objet le plus important, à côté de notre table de « salle à manger » et de la table de travail (sur laquelle, chaque soir, étaient enregistrées les recherches de la journée), c'était le grand coffre de bois fermé avec un cadenas : le « trésor à provisions ». Il contenait l'épicerie apportée du Caire : sel, poivre, sucre, farine, riz, pâtes, lentilles, haricots secs, pois chiches, lait en poudre… Avec notre cuisinier nubien, le menu de chaque jour était composé au hasard des approvisionnements locaux. Mais, Dieu ! que mes charmants collègues savaient compliquer la vie de la « popotière ». Les uns étaient végétariens, les autres ne supportaient pas le sel. Certains d'entre eux détestaient le fromage ! Il fallait contenter tout le monde pour la composition des menus !

L'épigraphiste de notre mission, M. Mantenfel, le professeur polonais de l'université de Lvov, « cueillait » régulièrement, sur le sol antique, des *ostraca** (écrits généralement sur éclats de calcaire) révélant des textes grecs. Je me souviens de son émotion lorsqu'un jour il ramassa un *ostracon* sur lequel on pouvait lire qu'un scribe du temps des Ptolémées avait demandé au *Stratège* de la Province une entrevue. Il voulait l'informer qu'il avait mis au point un système d'irrigation alimentant toute la Province de Thèbes. Les collègues polonais, hellénistes, travaillaient au sommet du Kôm où ils allaient de découverte en découverte ; ainsi mirent-ils au jour les ruines du « ghetto » de la ville gréco-romaine, minutieusement localisé dans l'ensemble des bâtiments limités par des bornes soigneusement dressées. Ce quartier, très particulier, livra aussi les vestiges des lois qui le régissaient et de sa science pharmaceutique.

Mais la plus intéressante des trouvailles, ce fut tout un code établi pour la fabrication de médicaments utilisés spécifiquement par la population juive qui l'habitait.

Après le « partage » des objets trouvés dans les tombes entre le Service égyptien des Antiquités et notre mission, il revint au Louvre une partie du mobilier funéraire de la Dame *Seshsechet*, maintenant exposé au Département égyptien du Louvre, dans une vitrine consacrée aux petits objets de l'Ancien Empire. L'ensemble consistait en une grande

---

* On utilisera le terme *ostracon* au singulier et *ostraca* au pluriel.

aiguière et son bassin en bronze, et des objets de toilette en albâtre dont un petit pot cylindrique en albâtre également, muni d'un couvercle en serpentine verte, rattaché au corps de l'objet par un anneau d'or. Le récipient de bronze était complété par le même ensemble en miniature.

En revanche, le cimetière voisin, assez pauvre et remontant au Moyen Empire, contenait une accumulation de petites statuettes en terre crue de femmes nues, mais à la coiffure imposante, ornée des petites perles de terre cuite enfilées sur des mèches de lin. Sur certaines, la perruque était très abondante. Ces petits « principes très féminins » étaient déposés dans les caveaux afin que le défunt puisse, dans l'autre monde, les féconder en assurant, ainsi, sa future existence.

Parmi ces modèles, certaines de ces figurines évoquaient, parfois, un enfant nu assis devant un chien. Il semble très probable que ce soit l'image, redevenue juvénile, du défunt renaissant devant l'évocation de l'étoile Sothis (l'Étoile du chien) afin de lui dispenser ainsi l'éternité parmi les astres « impérissables ».

Naissance du soleil
Sujet en terre cuite vernissée qui évoque la petite chienne de l'étoile Sothis contemplant l'enfant solaire qu'elle vient de faire apparaître. Moyen Empire

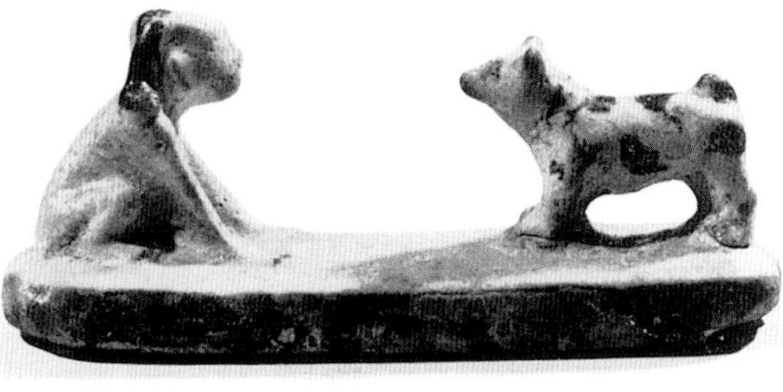

Mais penchons-nous sur la vie journalière des membres de la mission franco-polonaise. Ils logeaient chacun sous une tente individuelle contenant une table – des plus rustiques – en bois, un trépied métallique supportant une cuvette et un broc, et un lit de fer dominé par un cadre rectangulaire soutenant une moustiquaire très utile dans cette région. Pour compléter la sécurité de l'installation, les quatre pieds du meuble étaient posés sur de petites cuvettes de terre remplies d'eau – un barrage nécessaire contre l'ascension des fourmis. Sur le sol de simples nattes étaient disposées – élémentaires protections contre les scorpions et les cobras. Mais, pour la nuit, il fallait se garder des loups du désert voisin, contre lesquels nos gardiens n'étaient pas toujours vigilants… lorsqu'ils dormaient ! En effet, alors que notre campement était, aux quatre coins, protégé par des *ghaffirs* (gardiens) armés de grands fusils très archaïques (insignes de leur fonction !), une nuit, je me réveillais sentant à travers ma moustiquaire la présence, tout proche, d'un museau. Allumant ma lampe électrique, je découvrais une magnifique bête au pelage roux, choquée par la lumière qui l'aveuglait. Elle me tourna alors le dos et sortit calmement avec beaucoup de dignité de ces lieux peu amènes… C'était un loup !

Ainsi les jours se succédaient rompus tous les vendredis par le repos hebdomadaire.

Pour nos gardiens, c'était le jour de la mosquée… et de la prière, parfois, sur l'autre rive du Nil, et aussi le jour du souk (marché) où les ouvriers et les membres de la mission allaient se réapprovisionner. En fin de journée, très souvent aussi, le charmeur de serpents venait nous rendre visite, il s'appliquait à

« renifler » intensivement entre nos tentes : ainsi détectait-il la présence d'un reptile. Son rôle consistait alors à le dénicher et à nous en débarrasser en enfouissant l'animal – la plupart du temps dans son « panier à couvercle de charmeur » – afin de pouvoir ensuite le délester de son venin. D'après notre pharmacien du Caire, ce venin des cobras d'Edfou, en Haute-Égypte, était le plus redoutable et le plus recherché pour préparer le sérum bienfaisant.

Il nous arrivait enfin d'assister avec un grand plaisir aux petites fêtes de nos ouvriers, célébrées en famille et auxquelles ils nous invitaient. Je me souviens, entre autres, de certaines cérémonies de mariage où les deux fiancés, trônant sur des sièges jumeaux, recevaient la famille et les amis venus leur offrir compliments et cadeaux.

À gauche : **pergola du campement de Deir el-Médineh,** novembre 1940.
À droite : **jour de la paie hebdomadaire au chantier d'Edfou, en 1939**
Les ouvriers attendent leur tour, après l'appel.
Ci-dessous : **chantier de fouilles d'Edfou**
Les ouvriers se lavent les cheveux après que le coiffeur public leur a fourni le savon.

Les rares meubles et les objets qui constituaient le bien des nouveaux conjoints étaient portés cérémonieusement par les proches : la vision de leur défilé évoquait, d'une façon frappante, des scènes analogues reproduites sur les murs des chapelles funéraires thébaines : ainsi, la vie continuait reproduisant les mêmes gestes, les mêmes préoccupations de siècle en siècle, on peut même écrire de millénaire en millénaire, sans grands changements.

Introduction

Le détail qui change tout

Bracelet d'or avec adjonction d'un énorme lapis-lazuli représentant un corps de canard se terminant par deux têtes. Nouvel Empire. Musée du Caire

Scène tirée d'un mastaba qui offre une double lecture : la naissance du veau en offrande au défunt et, dans un registre spirituel, la naissance du soleil levant sortant du ventre de la vache sacrée Hathor. Époque des Pyramides, Chapelle funéraire de l'Ancien Empire

Nous traversons l'époque où les romans policiers d'un nouveau genre, visant à dépasser l'œuvre originale et si plaisante d'Umberto Eco, puisent leur inspiration dans le réservoir de tous les phénomènes factices, échevelés ou occultes, moyenâgeux autant que modernes.

Aussi paraîtrait-il bien terne et insipide de se borner à mener des enquêtes égyptologiques sans risquer de décevoir ses lecteurs. Pourtant, le contraire peut cependant se présenter !

En effet, les invraisemblances apparentes, le choix d'idées imprévues, une recherche poussée et surtout le respect d'un raisonnement antique fondé sur l'observation susceptible de maintenant nous échapper, guident et éclairent l'espoir de faire jaillir la vérité, parfois inattendue et bien souvent merveilleuse, mais intentionnellement masquée.

Chaque énigme, ainsi décryptée, nous éclaire davantage sur le système de la pensée des anciens Égyptiens, mais nous révèle aussi des faits, des concepts, une infinité de connaissances, non pas occultées, mais protégées.

Passage à gué du petit veau
Un bouvier porte le veau pour lui faire passer le gué et ainsi le protéger des crocodiles, il est suivi de la vache. Le veau est l'image de l'enfant solaire qui vient de naître. Mastaba, Saqqarah

Représentation d'une étape de la formation du monde
Le petit enfant solaire est comme assis et entouré de Hehou et Hehet, les deux génies du souffle solaire de l'atmosphère, agenouillés sur le signe de l'orient : la flamme de la lumière solaire. Sarcophage ptolémaïque, Basse Époque. Musée du Caire

Et parmi les merveilleux raffinements d'intelligence que l'on découvre tout au long de l'investigation, on pénètre dans un monde familier tant le « code » qui le régissait avec subtilité s'avère accessible, presque familier.

Il est absolument essentiel dans cette quête qu'aucun détail ne puisse dénaturer un témoignage antique à reconstituer. Le chemin parcouru pour arriver à la totale compréhension du problème se laisse dévoiler, par étapes, à l'analyse d'infimes éléments auparavant négligés tant ils apparaissaient, au premier abord, sans importance ni profonde signification.

C'est, alors, la découverte qui paraît évidente et d'une bien lucide logique, suivant l'application d'une sorte d'algorithme. Très souvent, sur le terrain, la fouille archéologique mène à des conclusions inattendues. Il en est de même dans un musée archéologique où l'étude systématique d'une antiquité – « orpheline » sans contexte – enregistrée depuis des années, assortie d'une identification fondée sur des connaissances désuètes, ou encore sur des « idées reçues » dépassées, requiert un nouvel examen, libérant le monument, ou l'objet, d'un « certificat » bien incomplet, parfois même tout bonnement fautif.

Prenons au hasard un exemple puisé dans une représentation champêtre évoquant un petit veau venant de naître, léché par sa mère, ou celle du paysan aidant à la délivrance du jeune animal. Pour le touriste qui passe devant la scène ou même encore aux yeux de l'égyptologue, insuffisamment alerté, cette composition constitue tout bonnement l'évocation d'une scène de la vie paysanne. En revanche, celui qui a porté un intérêt certain à la symbolique solaire trouvera évident que ce tableau évoque la naissance (ou la renaissance) de l'astre diurne.

Il suffit de se reporter aux vignettes illustrant le Livre des Morts, où le petit veau, dominé par l'image du soleil, apparaît entre les deux arbres sacrés – voire ce même veau, sur une barque avançant en direction de génies et dominé par l'étoile Sothis (Sirius) : il s'agit bien visiblement de l'apparition du jeune soleil, au Jour de l'an !

Ainsi va-t-on trouver, dans ce livre, quelques exemples très typiques des questions à ne pas manquer de se poser dès qu'un fait interpelle ou qu'une interprétation proposée ne paraît pas satisfaisante.

Combien de fois ai-je buté sur le message évoqué par un monument, ou encore sur un objet dont je ne comprenais ni l'utilisation ni même la signification. Les commentaires souvent trop rapides qui en avaient été faits ne pouvaient répondre à ma curiosité. Il fallait attendre… La réponse semblait exister dans un lointain repli de ma mémoire. Souvent, il s'est passé des dizaines d'années jusqu'à ce qu'un jour, penchée sur un problème concernant un sujet bien différent, l'interrogation qui m'avait jadis taquinée remonte à ma mémoire, éclairée subitement par les nouveaux documents que j'étudiais. Le « choc des idées », évidemment ! mais aussi, à travers les années traversées, le mûrissement, tel celui d'une plante que l'on a soignée à l'ombre et qui s'épanouit, mais dont on n'attendait plus la floraison.

Ce livre, composé d'une série de chapitres très différents les uns des autres, concerne certains sujets, souvent mal compris, rencontrés dans le domaine de l'histoire ou de l'archéologie égyptiennes. Ces petites études visent, cependant, des sujets très abordables pour un lecteur non spécialisé : il se trouve, en effet, toujours un chemin pour guider et éclairer un curieux non encore initié à la compréhension des problèmes posés par l'égyptologie et qui, au premier abord, pourraient paraître assez inaccessibles.

Il s'agit, la plupart du temps, d'utiliser une claire méthode d'investigation. C'est ainsi que, concernant certains chapitres, je fais confiance à ce lecteur même averti qui, autrement, aurait pu se perdre dans un monde apparemment assez impénétrable.

Sous un aspect parfois susceptible d'être classé dans le domaine de l'occulte, les phénomènes commentés, ici, ont été conçus par les hommes d'Égypte dont le système logique du raisonnement n'était pas très éloigné du nôtre. Aussi, la plupart du temps, suffit-il de

Statue monumentale d'Amon, protégeant Aménophis III
(Photo prise le jour de sa découverte.) Le groupe représente le dieu Amon grandeur nature protégeant le roi Aménophis III qui est agenouillé devant lui et lui tourne le dos. Il tient deux flagella.
Même si chacun des personnages a « perdu » sa tête, il reste sur les jambes et les pieds du roi des traces de plâtre et de feuilles d'or qui prouvent que l'ensemble devait être entièrement doré.
Statue trouvée par Christiane Desroches Noblecourt à Karnak Nord, en 1940.

prendre la peine de mieux pénétrer leur pensée et surtout leur sensibilité.

Je laisse mon bienveillant lecteur juger de ce que j'avance, assurée qu'il découvrira dans les thèmes exposés les trésors de la logique propres à la brillante imagination des sujets de Pharaon. Il s'agit, simplement, de « couler » notre raisonnement de la manière la plus proche possible de celui des anciens Égyptiens.

Ces études ici réunies, qui n'ont de commun que la diversité des sujets traités, présentent, en général, pour point de départ, un *détail* sur lequel on n'a pas pris la peine de *s'interroger* et dont moi-même, jusqu'à présent, je ne saisissais ni l'importance ni le « sel ». Il apparaît, alors, que la plupart du temps c'est *ce détail qui change tout*. On apercevra vite cette vérité première en abordant ces lignes lorsqu'il s'agira, par exemple, de se pencher sur l'importance d'une nervure de la tige d'un papyrus, ou du message livré par un infime fragment de pierre trouvé sur un terrain abandonné, ou, mieux encore, d'un graffito isolé sur un mur de temple, voire de la forme inusitée de l'œil d'un animal !

Mais, j'en viens au fait.

Scène représentée sur le sarcophage de la princesse Khaouit
Moyen Empire. Musée du Caire

1

Mariette Pacha et la reine Iahhotep,
ou les conséquences d'une découverte

Une pierre sous le sable.
Un scarabée fidèle à son destin.

Tente de Champollion sur la terrasse du temple de Philae, près de la première cataracte du Nil. Haute-Égypte

Portrait d'Auguste Mariette

Peu avant le milieu du XIXe siècle, Auguste Mariette, professeur au lycée de Boulogne-sur-Mer, arrondissait ses maigres émoluments en collaborant, d'une plume très alerte, aux journaux locaux.

Mais ce qui l'attirait avant tout c'était un sarcophage égyptien conservé au musée de sa ville. Pour en comprendre les textes, il utilisait la grammaire et le dictionnaire élaborés par Jean-François Champollion dès le déchiffrement des textes hiéroglyphes de la « pierre de Rosette » en 1822.

Mariette avait donc tenté de prendre contact avec le conservateur du Département des Antiquités du musée du Louvre, à l'époque le vicomte Emmanuel de Rougé, lequel accepta généreusement de viser et de corriger les traductions que ce dernier s'efforçait de faire sur les quelques textes hiéroglyphiques qu'il pouvait aborder.

Ci-contre : **la « pierre de Rosette »** qui porte le même texte antique dans trois écritures différentes – hiéroglyphique, démotique et grecque – est à la base du déchiffrement des hiéroglyphes. Document archéologique découvert par le capitaine Bouchard, officier de Bonaparte au pied du fort de Rachid (Rosette) dans le delta du Nil. Actuellement au British Museum de Londres

Bien vite, Mariette en vint à abandonner son gagne-pain local

Le kiosque d'Hathor et sa barque à Philae
Sur le quai, la tente de Champollion a été dressée.

pour prendre le chemin de Paris, afin de rejoindre le maître des Antiquités égyptiennes au musée du Louvre. Il connut alors des jours aussi enrichissants que misérables. La chance vint enfin frapper à sa porte lorsqu'il apprit la collecte assez miraculeuse de manuscrits coptes faite par des philologues américains, dans les couvents chrétiens d'Égypte. Notre apprenti égyptologue put bénéficier d'une bien modeste mission, accordée par l'Institut de France, en vue de réunir pour le Louvre une autre moisson d'écrits chrétiens primitifs d'Égypte. Arrivé sur place, il déchanta de jour en jour, constatant que la « moisson » rassemblée par les spécialistes d'outre-Atlantique avait été minutieusement exhaustive, d'autant que, pour aborder les dernières « sources » d'approvisionnement, il attendit, en vain, l'obtention d'un permis (*firman**) du gouvernement égyptien.

* Firman : permission écrite délivrée par le khédive.

Fort heureusement, il pouvait rayonner dans les sites antiques environnant Le Caire, ayant une prédilection pour le désert de Sakkarah, couvert de sable d'où surgissait seulement, à cette époque, le sommet en partie fracassé de ce qui fut plus tard identifié comme la partie supérieure de la célèbre *pyramide à degrés*. Galopant à cheval, il lui arrivait de croiser quelques Bédouins perturbés par une présence étrangère. Un jour une balle siffla près de son oreille : l'accueil local devenait de moins en moins amène. Mariette, à la stature colossale bien connue, poursuivit son agresseur, l'empoigna et le planta devant lui. Puis avec son pistolet, il tira au-dessus de la tête de son agresseur, en l'avertissant qu'à la prochaine fois il viserait au cœur. C'est ainsi que Mariette se fit un solide ami, sur les dunes de Sakkarah.

Attendant toujours le *firman*, et avant de renoncer à ses romantiques mais stériles instants de vagabondage, prêt à abandonner sa mission, Mariette buta un jour sur ce qui lui parut être un fragment de pierre sortant du

La pyramide à degrés
Dans le désert de Sakkarah se dresse encore, non loin des grandes pyramides de Guizé, le monument appelé communément pyramide à degrés qui a été érigée par ordre du roi de Djéser dont elle abritait la sépulture. Dessin de J. Frey

sable. Fiévreusement il se mit à dégager la pierre, mais il ne put la soulever. C'était *le détail* qui allait changer sa vie ; cette pierre constituait l'angle d'un socle rectangulaire, ainsi sorti des sables, sur lequel apparaissait une statue de sphinx à tête humaine. En un éclair, jaillit dans sa mémoire une citation qu'il croyait bien attribuer à Strabon, à savoir (approximativement) : « Dans le désert de Sakkarah, l'accès aux tombeaux des *Taureaux Apis* est constitué par un *dromos* de Sphinx. »

Le choc fut violent, tout un panorama apparaissait aux yeux de notre archéologue ; ce petit élément de pierre émergeant des sables faisait revivre à ses yeux une longue allée menant le pèlerin vers les caveaux souterrains : ce qui fut effectivement dégagé dans les semaines suivantes. La légende voulut même que, durant ces premières fouilles, apparurent des petits fragments de feuilles d'or

Ci-dessus et pages suivantes : **Vue du profil de la tête du sphinx de Guizé**, représentant très probablement le roi Képhren, à côté de la silhouette de sa pyramide. Ancien Empire.

Ci-dessus : **la galerie principale du Serapeum de Memphis.** De chaque côté : l'entrée des niches qui contenaient de grandes cuves funéraires destinées à recevoir la momie des taureaux sacrés enterrés en ce site.
Gravure du XIXe siècle

À droite : **descente vers les tombeaux du Serapeum de Memphis** creusée dans le rocher à Sakkarah.
Gravure du XIXe siècle

Ci-dessous : **le génie Bès**
Musée du Louvre

que notre héros put vendre afin de rétribuer ses ouvriers. C'est ainsi qu'il pénétra dans une galerie souterraine principale, percée de chaque côté par d'immenses niches ayant contenu les gigantesques momies des taureaux sacrés *Apis* déposées dans leurs imposantes cuves funéraires.

Le *Serapeum de Memphis* venait de renaître et livrait une partie des dépôts contenus dans ses entrailles : vestiges demeurés sur place, après les pillages antiques !

La permission d'expédier au Louvre les précieuses antiquités trouvées fut facilement obtenue du vice-roi. C'est ainsi que Mariette choisit, entre autres, pour notre musée, une magnifique statue en calcaire, grandeur nature, représentant le taureau Apis. Il ajouta la statue trapue du génie **Bès** et quantité de stèles dédiées aux différents taureaux qui s'étaient succédé ; de surcroît, il mit au jour un dépôt de bijoux aux noms de Ramsès II et d'un de ses fils aînés : le prince **Khâemsouaset**, grand prêtre de Ptah, à Memphis.

L'impulsion étant donnée, Mariette connut un bref retour à Paris d'où il repartit assez

rapidement en direction du Caire, avec sa petite famille. Il s'installa tout près, à Boulaq, et, avec l'appui du Pacha, reprit ses fouilles à Sakkarah, découvrit des chapelles funéraires décorées contenant encore des statues de hauts fonctionnaires de l'Ancien Empire, dont celle du **scribe accroupi**, qu'il adressa au Louvre, escorté d'œuvres d'art de la même époque.

Le taureau Apis
Statue découverte par Mariette (en 1851), provenant du Sérapeum de Memphis, lieu où les taureaux sacrés du dieu étaient enterrés après momification.
La statue portait des traces de peintures sur le front et sur le dos.
Musée du Louvre

Le scribe accroupi
Il est la représentation du lettré en train de prendre en note le texte qu'on lui dicte.
Musée du Louvre

Entrée de l'ancien musée de Boulaq
Fondé par Auguste Mariette pour la conservation des antiquités égyptiennes.

Cependant, témoin des pillages effectués dans tous les sites antiques de Basse et de Haute-Égypte sans protection, Mariette entreprit de protéger ces vestiges millénaires et fonda le premier musée d'antiquités à Boulaq. Puis il tenta de mettre un terme au trafic et même au morcellement des monuments – ce fut la création en 1835 du Service des Antiquités, chargé de la surveillance et de la conservation des sites archéologiques – et devint alors un fervent protecteur des antiquités dont il interdit tout déplacement.

Mais comment pouvait-il s'opposer facilement aux élans de générosité du khédive, lorsque ce dernier désirait honorer un de ses visiteurs de marque, avec une antiquité sortie des fouilles ?

C'est ainsi que, prévoyant l'arrivée d'une personnalité, le khédive pria Mariette de dégager une sépulture antique à l'ouest de Thèbes, puis de l'enterrer afin de l'ouvrir de nouveau lorsque son hôte attendu se rendrait sur les lieux choisis !

Le directeur général des Antiquités était sur le point de dégager une sépulture royale de la XVIIe dynastie lorsqu'il fut rappelé d'urgence au Caire, laissant la responsabilité du travail à son contremaître très dévoué. Les nouvelles qu'il reçut quelques jours plus tard étaient bien alarmantes : le gouverneur de Kéné, la ville la plus proche du lieu de la fouille, venait de s'emparer du produit des trouvailles. Il s'agissait de la momie de la reine Iahhotep, mère de Ahmès, le libérateur de l'Égypte contre les Hyksos, et d'une partie du trésor qui entourait son corps. Le gouverneur voguait déjà vers Le Caire ; il fallait, à tout prix, intercepter cet intermédiaire qui allait faire un mauvais usage de ce butin ! Le vigoureux Mariette qui avait déjà reçu le titre de *bey* n'hésita pourtant pas à se conduire comme un corsaire ! Il monta sur son bateau, toujours ancré à Boulaq, devant sa maison, puis, entouré de ses matelots, il remonta le Nil et croisa, à plus de trois cent cinquante kilomètres du Caire vers le sud, la confortable embarcation du *moudir* (gouverneur). Ce fut un abordage violent, Mariette sauta sur le pont du bateau, pistolet à la main et prêt à utiliser son couteau de marin.

Il profita de la surprise et même de l'effroi provoqué par son irruption. Terrorisant l'équipage, il s'empara du coffre contenant le trésor. Les matelots, assurés que la momie de la reine constituait le plus grand bien qu'ils transportaient, voulurent la

La reine Iahhotep
Partie supérieure du sarcophage momiforme plaqué d'or de la reine.
Célèbre reine du temps où les princes de sa famille chassèrent d'Égypte les envahisseurs Hyksos.
Fin XVIIe dynastie.
Musée du Caire

déplacer pour l'éloigner de l'agresseur. Une maladresse et... elle tomba dans le Nil, s'éloignant rapidement au fil du courant. Mariette s'empara du butin, quitta le gouverneur terrorisé et reprit son bateau pour regagner Boulaq.

Il était impératif qu'il joigne le pacha avant que le gouverneur de Kéné ne lui fasse, lui-même, un compte rendu mensonger des événements. Il apprit alors que le vice-roi s'était, pour ses quartiers d'été, installé dans son palais à Alexandrie.

Pour gagner la bataille, Mariette savait qu'il lui fallait troquer son pistolet et son couteau de marin contre un récit humoristique, seul capable de dérider le vice-roi... Ce qui fut fait et provoqua le rire homérique de Méhémet Ali.

Or, les bijoux de la reine Iahhotep étaient étalés sur une grande table lorsque la favorite du vice-roi pénétra dans la salle : son regard se fixa immédiatement sur une superbe et longue chaîne-colonne d'or, à laquelle était suspendu un admirable et volumineux scarabée de lapis-lazuli. Elle s'en empara, le suspendit à son cou et se fit admirer par le maître. « Il est à toi », déclara le vice-roi. Mariette venait de constater que, pour la deuxième fois, le musée du Caire allait risquer de perdre un des plus beaux bijoux historiques connus.

Cependant, dans les mois qui suivirent, notre astucieux directeur des Antiquités parvint à convaincre la légère beauté que le vieux pendentif de lapis ne pouvait vraiment pas soutenir la comparaison avec une parure scintillante de diamants... Son habile faconde put, en définitive, lui faire « récupérer » le joyau désormais déprécié aux yeux de la belle. En conséquence une nouvelle vitrine au musée du Caire brillait de l'éclat du grand collier.

Le scarabée de la reine Iahhotep
Bijou en or et lapis-lazuli.
Musée du Caire

Voici que l'annonce de la future Exposition universelle prévue à Paris pour 1867 gagna rapidement Le Caire. Méhémet Ali décida que son pays devait y participer au premier chef et briller par son prestigieux passé. Il pria donc Mariette, devenu pacha, de préparer la reconstitution d'une maison pharaonique dans laquelle les plus importantes antiquités conservées au musée du Caire figureraient. Parmi tant de merveilles, Mariette prévit une vitrine contenant le « trésor de la reine Iahhotep ». (Celui de Toutankhamon n'avait pas encore été découvert. Il ne le sera qu'en 1922 !)

L'inauguration fut honorée par l'impératrice Eugénie. À la vue des joyaux pharaoniques, la souveraine exprima le souhait de tenir en main la grande et précieuse chaîne à

Un des quartiers de l'Exposition universelle de 1867 à Paris, évoquant les formes de l'architecture turco-égyptienne « à la manière » du XIXe siècle.

laquelle était suspendu le fameux scarabée de lapis-lazuli. Eugénie ne pouvait quitter des yeux le bijou que Mariette lui confia ; elle demanda l'autorisation de passer la chaîne autour de son cou : le scarabée descendait jusqu'à la hauteur de sa taille !

Elle ne cessait de l'admirer, de commenter sa beauté, exprimant la joie qu'elle ressentait de le porter sur elle, de le tenir… si bien que le khédive, obéissant à l'usage oriental d'offrir l'objet que l'on admirait avec tant d'insistance devant lui, se trouva obligé de répondre à tant de louanges admiratives. La phrase fatidique que Mariette craignait d'entendre fut prononcée : « Madame, puisque ce bijou sied à Votre Majesté, *il est à vous !* » Mais, surprenant le visage désapprobateur de son directeur général des Antiquités, il ajouta, un peu penaud : « Si toutefois mon Gouvernement me le permet ! » Il entendit ce dernier prononcer, après un lourd silence, ces mots qui sonnaient comme une totale et franche condamnation : « Je ne puis répondre au souhait de Votre Excellence, cet objet est inscrit à l'inventaire officiel des Trésors de l'Égypte pharaonique ! »

Après ce verdict si direct suivi d'un silence insupportable, il fallait créer une diversion, décrire à l'impératrice tous les autres bijoux… faire visiter la fameuse maison si savamment reconstituée… Chacun s'évertuait à détendre l'atmosphère.

Le lendemain matin, Mariette Pacha fut convoqué au Louvre. Napoléon III fit proposer la plus haute distinction dans l'ordre de la Légion d'honneur à l'irréductible égyptologue à ce point pénétré de son devoir de gardien des Antiquités dont il était responsable. On lui offrit le poste de conservateur en chef des

antiquités au musée du Louvre… Rien n'y fit. Mariette regagna son musée, au Caire, assuré d'avoir encore protégé le bien qu'on lui avait confié et d'avoir su garder à l'Égypte un des magnifiques témoins de son histoire.

Cependant, au palais khédivial, l'atmosphère avait changé. Mariette n'était plus *persona grata* à la cour de Napoléon III, en

Visite en Égypte de l'impératrice Eugénie pour l'inauguration du canal de Suez.

conséquence (les nouvelles volent !) au Caire, le vice-roi maintenant l'ignorait, et l'autorité du directeur général des Antiquités était contestée. Ainsi, on ne tenait même plus compte de ses avis, ni de ses ordres. Les fonds qui étaient réservés au fonctionnement de son service et au coût des publications scientifiques n'étaient plus versés. La lutte était inégale. Mariette, vieillissant, demeurait sans espoir et sa santé commençait à se dégrader, lui qui ne s'était jamais ménagé durant de longues années en Égypte et pendant les périodes de très grande chaleur.

Ouverture du canal de Suez

Inauguré officiellement le 17 novembre 1869.

Puis un jour, il fut convoqué au palais du vice-roi.

Ferdinand de Lesseps, auteur et directeur des travaux du percement du futur canal de Suez (devant faire communiquer, on le sait, la Méditerranée à la mer Rouge), était intervenu providentiellement en sa faveur. En effet, le vice-roi désirait organiser à l'occasion de l'ouverture de ce canal de grandes festivités. Parmi les projets envisagés, Ferdinand de Lesseps lui avait suggéré de faire composer et produire un opéra. Mais quel sujet choisir pour honorer les souverains français – invités d'honneur – si ce n'est un thème rendu accessible grâce aux travaux du grand Champollion ?

Qui mieux qu'Auguste Mariette pouvait être capable de composer un tel spectacle ? Il fallait, alors, que le vice-roi se fît pardonner son coupable mépris pour Mariette, si malheureux du silence dans lequel il était entouré depuis son dernier voyage à Paris. Ainsi vit-il dans la proposition du vice-roi (un ordre, à peine masqué !), le moyen de pouvoir, à nouveau, protéger les antiquités qui lui tenaient tant à cœur.

Il accepta le défi, composa avec talent le livret du célèbre drame d'*Aïda*, dont Verdi fit très vite résonner harmonies et fanfare dans le monde entier.

Dès lors une activité renouvelée régna au Service des Antiquités de l'Égypte. Désormais le beau scarabée bleu de lapis qui avait jadis orné les joyaux de la reine Iahhotep devait demeurer à jamais le symbole de l'œuvre immense léguée par Mariette, et à l'origine de laquelle s'inscrit l'angle d'un socle de sphinx enfoui sous le sable de Sakkarah.

Reconstitution d'une « scène de genre » pour la mise en scène de l'opéra *Aïda*
représenté lors de l'inauguration du canal de Suez.

2

La nervure du Papyrus

Vue d'ensemble du temple jubilaire de Ramsès II prise de l'ouest

Combien de fois, dans le temple jubilaire de Ramsès II – le Ramesseum –, ai-je traversé l'allée centrale de la magnifique salle hypostyle, sans remarquer un très original *détail* dans le décor des colonnes et qui, maintenant, attire automatiquement mon regard.

L'ensemble des colonnes de cette salle évoque bien un gigantesque buisson de papyrus, l'allée centrale étant formée de douze colonnes aux chapiteaux évoquant l'ombelle gracieuse de la tête ouverte de la plante : c'est l'illustration architecturale des *douze mois de l'année* et qui a porté son message depuis, déjà, des millénaires dans de nombreuses salles à colonnes.

Sur les bas-côtés, les tiges de pierre sont moins hautes : les chapiteaux qui les dominent sont à l'image de la tête fermée du papyrus. La caractéristique de cette plante, si fréquemment stylisée dans le décor architectural, n'a pas manqué de retenir l'attention des prêtres

décorateurs de Pharaon : les tiges du papyrus accusent une section triangulaire sur son pourtour, figurant bien les trois hautes nervures en saillie, qui partent de la base du socle de la colonne circulaire jusqu'à son chapiteau.

Les colonnes centrales sont décorées d'un large tableau sculpté à hauteur d'homme : les figurations divines se dirigeant vers l'axe de l'allée.

Ce décor, douze fois répété, est composé de l'image de Ramsès, en majesté, faisant offrande à diverses divinités. À l'occasion de ce rituel très important, Pharaon est suivi par la représentation du génie royal qui l'accompagne exceptionnellement sur terre au moment de sa naissance et que les Égyptiens ont appelé le *ka*. Ce personnage, de taille réduite, porte son signe sur la tête (deux

À gauche : **allée centrale formée de douze colonnes à chapiteaux papyriformes ouverts du Ramesseum** évoquant la tête ouverte de la plante.
Ci-dessus : **salle hypostyle de Karnak** Flanc des bas-côtés. Colonnes à chapiteaux papyriformes fermés. XIXe dynastie.
Ci-dessous : **Ramsès fait offrande à Min des deux vases globulaires à vin**

bras levés) et présente devant lui un haut étendard également dominé par son signe.

Sur le décor des colonnes de la salle hypostyle du Ramesseum, la hampe de l'étendard recouvre, en *creux* et *sur toute sa hauteur*, la représentation de la nervure du papyrus qui réapparaît, à nouveau, en relief sous la base de la hampe et au-dessus d'elle.

La nervure et le *ka* royal

Sur le flanc des douze colonnes, face au centre de l'allée, on retrouve le même tableau qui semble encadrer la marche du roi : la hampe tenue par le *ka* recouvre *très visiblement*, sur toute sa hauteur, la nervure ornant la colonne. Quelle signification faut-il prêter à ce décor naturaliste particulier ? Le ritualiste a-t-il voulu indiquer que le *ka* royal et le papyrus ne faisaient qu'un, ou du moins se complétaient ? Alors, que signifie ce *détail* qui doit certainement présenter une signification d'importance ?

Comment donc les autres salles hypostyles des temples ou, plus exactement, comment la salle ainsi nommée, soutenue par des colonnes papyriformes et que l'on reconnaît comme telle – la majestueuse salle centrale des temples –, comment donc ces salles centrales sont-elles comprises ?

En fait, on n'en connaît vraiment que deux exemples importants conservés réellement, conçus à la XIXe dynastie par Ramsès le second. Il semble même que la réalisation complète constituant le prototype soit uniquement apparue sous Ramsès II, dans son temple jubilaire : le Ramesseum. Au reste, le souverain

Détail du décor de la colonne de l'hypostyle du Ramesseum.
Ramsès II avance suivi de son Ka portant la hampe de son étendard qui se confond avec la nervure du papyrus que l'on retrouve au-dessus et au-dessous.

Vue extérieure du Ramesseum privé de ses murs d'enceinte et de ses pylônes

a pris soin, sur les architraves de la colonnade centrale, de préciser que les colonnes de la salle sont très exactement de deux types : celles dont les *chapiteaux* évoquent la fleur de papyrus ouverte *épanouie*, et les autres, latérales, dont les chapiteaux floraux sont *fermés*.

On rencontre dans l'architecture, dès avant la IIIe dynastie, des colonnes florales et piliers, mais aucune autre grande salle à la terrasse

Partie supérieure de la colonnade centrale à chapiteaux papyriformes ouverts du Ramesseum
Sur les bas-côtés les chapiteaux sont fermés.

soutenue par des colonnes n'a été conservée avant le Nouvel Empire. Les vestiges des temples du Moyen Empire demeurent malheureusement trop incomplets. Encore faut-il attendre l'arrivée au pouvoir d'Hatshepsout, à la XVIIIe dynastie, pour rencontrer l'originale invention de supports architecturaux mi-piliers mi-colonnes (terrasse du temple de Deir el-Bahari). Seule, vers le nord-est, une longue et élégante colonnade « protodorique » s'élance vers le Nil, partant du sanctuaire consacré à Anubis. On ne connaît pas encore vraiment, à cette époque du début de la XVIIIe dynastie, de salles constituées par tous les éléments de la « salle hypostyle ».

Temple jubilaire de la pharaonne Hatshepsout à Deir el-Bahari

Colonnade proto-dorique de ce temple au plafond étoilé

Sous le règne d'Aménophis III, à Louxor, la notion d'une salle de temple à colonnes papyriformes apparaît, comme à Soleb (en Haute-Nubie), mais cette salle comporte uniquement des chapiteaux fermés. On ne rencontre pas encore d'allées centrales à chapiteaux ouverts. Cependant, dans le même temple de Louxor, avant la XIXe dynastie,

Toutankhamon fit ériger douze hautes colonnes à chapiteaux papyriformes ouverts devant l'entrée de la salle à colonnes d'Aménophis III, évoquant son accès de parade : la galerie ainsi constituée fut ensuite bordée par deux murs latéraux ornés de reliefs évoquant les primordiales festivités de la populaire *fête d'Opet*.

Il semble qu'à l'ouest d'*Ipet-Sout* (Karnak) une allée de douze colonnes, analogue à celle de Louxor, à chapiteaux papyriformes ouverts, fut d'abord édifiée entre les deuxième et troisième pylônes. Ramsès Ier puis Séthi Ier flanquèrent cette allée, au nord, d'un régulier regroupement de colonnes à chapiteaux fermés. Au sud, Ramsès II compléta l'ensemble d'une autre série de lourdes colonnes à chapiteaux papyriformes fermés, composant ainsi la gigantesque salle hypostyle de Karnak, que Champollion prit, dans un premier temps, pour la grande salle d'un *palais*. Les cartou-

Ci-contre : **allée centrale du temple de Louxor**
Colonnes à chapiteaux papyformes ouverts.

Étape du défilé de la fête d'Opet sur la rive du Nil entre Karnak et Louxor
Les barques fluviales se succèdent. Celle du roi est accompagnée des barques divines.

ches et les reliefs monumentaux des souverains qui allaient se succéder sous les ramessides l'alourdirent encore, cependant qu'à la base de ces colonnes la représentation de folioles rappelait les végétaux des marécages et leur message aquatique.

Ainsi que dans un temple jubilaire où chaque souverain, durant son règne, devait venir célébrer son rajeunissement solaire, il est fort probable qu'au terme du cycle où ses forces avaient pu s'affaiblir, Ramsès allait, avant tout, recevoir, au Ramesseum, la revivification dans les eaux primordiales évoquées par l'hypostyle. Puis, en sortant alors de ce supposé domaine aquatique, il allait aborder l'aire solaire représentée par la salle suivante, celle de la renaissance.

Au plafond de cette salle, textes, signes et figurations se rapportent au calendrier : à la lisière de la partie nord, une bande horizontale de chiffres encore très visible évoque ce calendrier solaire. Les saisons sont réparties de telle façon que la date essentielle du Jour de l'an apparaît à la fin des cinq jours épagomènes, au centre de l'indication des saisons.

Ainsi, sur une seule ligne, peut-on lire, à droite, l'indication des deux derniers mois de la saison d'hiver. Les deux premiers mois de cette saison sont mentionnés à l'extrême gauche. Entre les deux, de gauche à droite, viennent les quatre mois de l'été, puis les quatre mois de l'Inondation. Le milieu du plafond – et du calendrier – se situe dans l'espace vide réservé aux cinq jours épagomènes, Orion sur sa barque poursuivant Sothis, elle aussi naviguant, prête à apparaître pour introduire le Jour de l'an.

Toutes les scènes ornant les murs de cette salle, que nous avons appelée « astronomi-

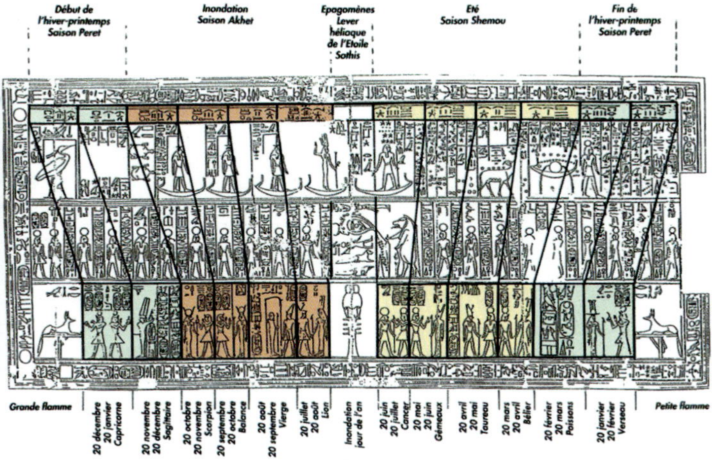

que » en raison de son plafond, correspondent logiquement au renouvellement du roi illuminé par l'astre nouveau, au retour du Jour de l'an magistralement célébré par le déferlement de l'Inondation, arrivant du sud. Voici pourquoi le cynocéphale de Thot (toujours associé à ce dernier phénomène), juché sur le pilier *Djed*, regarde vers le sud, à l'extrémité méridionale du plafond.

Lorsque l'Inondation, annonçant la sortie jubilaire et mythique du roi hors des zones marécageuses, est sur le point d'atteindre l'Égypte, les *perséas* qui bordent les canaux se parent de leurs fruits mûris. C'est très probablement la raison pour laquelle cet arbre sacré représenté sur le mur ouest de la Salle astronomique joue un rôle si important au moment de l'anniversaire officiel du souverain. On voit ce dernier figuré près de l'arbre *Ished* (le perséa) sur les beaux fruits duquel *Atoum* le vénérable, sur son trône, et *Séchat*,

Plafond astronomique
Au sommet, la seconde bande comportant des inscriptions hyéroglyphiques et des blancs constituent le calendrier.
Au centre du sommet, on voit Sothis maîtresse du Jour de l'an sur une barque poursuivie par Orion.
En bas, Thot, le maître du calendrier est représenté assis sur le pilier Djed, qui réunit les quatre points cardinaux.

Le Persea sacré devant lequel se trouve Ramsès II, assis, entouré de Atoum et de la déesse Séchat. Ces deux divinités sont en train d'inscrire les nom et prénom du roi sur les *fruits* de l'arbre sacré.

maîtresse des Archives, accompagnée de *Thot* (patron de l'année), inscrivent à tour de rôle le nom de naissance et le nom de couronnement du pharaon. La cérémonie jubilaire perdura, ainsi, pendant des milliers d'années.

En vis-à-vis de cette scène, sur le mur est percé par la porte communiquant avec l'hypostyle, on voit les prêtres sur les bas-reliefs portant sur leurs épaules les brancards supportant les barques des différentes formes divines thébaines. Parmi ces dernières figure celle de la reine *Ahmès-Nofrétari*, divinisée, celle de Ramsès lui-même, celle de *Khonsou*, le dieu fils lunaire, sans oublier celle de *Mout*, parèdre d'*Amon*, mais on ne trouve pas la nef de ce dernier ! Cependant le Grand Dieu thébain, maître de Karnak, appelé le « Caché » (*Iman*) qui donne vie et anime le phénomène de la crue, *devrait* figurer en premier dans cette procession.

La réponse à cette interrogation nous est donnée subtilement par l'inscription accompagnant la barque de *Mout*, l'épouse divine. On peut lire au-dessus de la proue de cette barque, sur trois petites colonnes, des hiéroglyphes d'une extrême importance : « Paroles dites par *Mout*, maîtresse du Ciel : Bienvenue en paix, ô Amon, régent de Thèbes ». Tournée vers le sud, la barque de *Mout* et son cortège se dirigent donc vers *Amon*, confondu avec l'Inondation qui devait arriver du Grand Sud.

Au Ramesseum, le défilé des barques sacrées en tête desquelles se trouve celle de la déesse Mout se dirigeant vers l'embarcation d'Amon arrivant du sud, suivie par celle du dieu Khonsou, fils d'Amon et de Mout.

Ainsi donc cette dernière salle (solaire) dédiée à la réapparition de l'année, lorsque le flot gonflé d'alluvions nourricières abordait les rives thébaines, était particulièrement affectée au mystère du renouveau annuel.

Ramsès, pour accéder à cette zone essentielle des locaux jubilaires, au plafond dominé par le calendrier solaire et son maître *Thot*, avait dû être introduit dans les fourrés de papyrus des sources du Nil, plantes reconnaissables à leurs *nervures* si caractéristiques. C'étaient les plantes au milieu desquelles le roi devait réapparaître.

Tout ce périple était suivi dans le temple jubilaire jusqu'au « point névralgique » de la Salle astronomique où Pharaon allait être intégré dans la nouvelle année. Ce cheminement avait été révélé, puis orienté par l'introduction de l'insigne du *ka* volontairement confondu avec *les nervures des plantes des marécages*, réels *pivots* qui ont conduit à pouvoir mieux comprendre le rôle des deux structures architecturales essentielles et secrètes du temple jubilaire du grand roi : *l'hypostyle des marécages et la salle au plafond solaire*.

Le Ramesseum
Le dieu Amon suivi de la déesse Mout,
devant lesquels Ramsès fait offrande.

3
Les « serviteurs » du Nouvel Osiris

Détail de la tête du chien noir Anubis
paré de son écharpe de lin représentant l'image du défunt
après les funérailles royales, lors de la découverte de la tombe.
Tombe de Toutankhamon

Les chouabtis
Le caveau du tombeau de Toutankhamon creusé dans la Vallée des Rois a livré un trésor unique puisqu'on ne connaît pas d'autres trésors royaux de cette époque surtout et parmi les objets qui constituent l'entourage du défunt petit roi, il y avait ce que l'on appelle les chaouabtis, c'est-à-dire des statues représentant le mort armé d'instruments dont il peut avoir besoin dans l'Au-delà. Les quatre statues qui sont ici représentées ont toutes une coiffure plus ou moins différente : *(ci-dessous)* une coiffure avec des bouclettes, une coiffure recouverte d'un linge qu'on appelle le Nemès, *(ci-dessus)* une coiffure plus ronde avec naturellement le cobra serpent royal et enfin quelque chose de beaucoup plus classique : la couronne blanche de Haute-Égypte.
Tombe de Toutankhamon, Thèbes

Au cours de mes soixante-quinze années d'égyptologie, les objets que j'ai naturellement le plus souvent rencontrés, dans les collections égyptologiques publiques ou privées, sont ces petites figurines d'apparence momiforme appelées d'abord par les vieux Égyptiens *chaouabtis* et, plus tardivement, *oushebtis*.

Selon l'interprétation adoptée par tous les égyptologues, ces objets évoquaient un trépassé momifié accompagné d'une prière, inscrite sur le corps, et reproduisant le chapitre VI du Livre des Morts. C'est un « **appel au mort** » par lequel il est conseillé à son propriétaire de s'animer. Il lui est recommandé de se livrer aux travaux agricoles qui sont stipulés dans le texte. Au dos de la statuette, la plupart du temps, sont figurés les instruments qui permettent de bêcher, de semer et d'arroser.

Au Moyen Empire, le nombre de ces statuettes trouvées dans les tombes se réduit à deux exemplaires par propriétaire, mais elles apparaissent de plus en plus nombreuses au Nouvel Empire. Ainsi, pour enrichir d'un accessoire funéraire le trésor du trépassé, la momie de Toutankhamon avait été dotée de nombreux chaouabtis de toutes tailles comportant également une grande variété de coiffures et de vêtements.

Durant le Nouvel Empire, parmi les membres de cette « armée » de statuettes momiformes plus ou moins petites, figure, de surcroît, le même personnage représenté, non dans sa gaine mortuaire, mais habillé d'une ample robe, chaussé de sandales et porteur d'une riche perruque. Sur ce modèle, le chapitre VI du Livre des Morts est absent, l'inscription concerne seulement les noms et titres du mort.

Selon l'interprétation générale attachée à ces objets et qui paraissait

Ces deux chaouabtis
dans leur gaine momiforme sont recouvertes d'inscriptions se rapportant au chapitre VI du Livre des Morts, et aux actes que les morts devront accomplir lorsqu'ils se présenteront devant les juges du tribunal.

a) La première a les bras croisés sur un oiseau aux ailes déployées, la déesse Nekhabit, grande protectrice de la couronne. Nous sommes donc en présence d'une statuette funéraire et royale malgré l'absence du serpent cobra Ureus sur sa coiffe.

b) La seconde porte sur le devant de sa coiffe les deux animaux de la royauté : le serpent et le vautour. C'est encore une statuette funéraire royale. Le roi, bras croisés sur sa poitrine, tient le crochet de la Haute-Égypte et le fléau de la Basse-Égypte, lui conférant le pouvoir sur la royauté du Sud et du Nord.

Toutes les statues des rois en Égypte portent les insignes du pouvoir. Après leur mort, on ajoute de surcroît, la déesse vautour pour la protection divine. Il faut donc en conclure que ces chaouabtis sont bien royales et funéraires.

Tombe de Toutankhamon, Thèbes

Le nom de ces statues se prononçait probablement chaouabtis.
Ce nom a été plus tard, en Égypte, légèrement transformé et apparaît à la fin du XIXe ou au début du XXe siècle sous la forme de *oushebti*, il n'y a pas de grandes différences entre chaouabti et oushebti qui veut dire « répondre », du verbe *ousheb*. Or comme cette statue funéraire doit servir le mort dans l'Au-delà, lorsqu'il est appelé, il répond, c'est donc un répondeur ou un répondant. Tombe de Toutankhamon, Thèbes

définitive, les chaouabtis étaient requis pour exécuter, magiquement et par représentation interposée, des travaux agricoles dans les « champs Élysées » égyptiens… Il suffisait au défunt, à l'appel de son prénom, de répondre « me voici » ! Quant au personnage habillé en « vivant » qui figure dans le lot, une explication le concernant qui paraissait définitive, avait été donnée : c'est l'image du contremaître qui surveille le bon fonctionnement des travaux !

Voici le texte du chapitre VI du Livre des Morts :

Ô ce chaouabti… (un tel)
si je suis appelé
si je suis désigné
pour faire tous les travaux,
qui sont d'habitude accomplis
dans l'Empire des Morts,
Alors, l'épreuve te sera infligée
là-bas comme un travailleur
affecté à sa tâche.
Réponds à ma place, à tout moment,
pour cultiver les champs,
pour irriguer les rives,
et pour transporter le limon
de l'Orient à l'Occident
Me voici ! diras-tu.

L'éternel commentaire de l'égyptologie attaché à l'identité et au rôle joué par ces chaouabtis pèche un peu par la base et, avant tout, est illogique, en contradiction avec l'esprit égyptien. En effet, une question demeure encore imprécise : quelle était l'utilisation réelle de ces petites images, donc quel était leur symbole ? Pourquoi n'auraient-elles pas représenté simplement le mort lui-même ?

La tombe de Sénnéfer
C'est la demeure d'éternité, autrement dit le caveau d'un très haut fonctionnaire qui semble avoir été le ministre de l'Agriculture du roi Aménophis II, à la XVIIIe dynastie. Son caveau est sur la rive gauche de Thèbes en face de Louxor en Égypte. Le plan de la tombe de Sénnéfer est peint en perspective plafonnante sur un des murs, ce qui est rare. Y sont représentés les quatre points cardinaux, illustrés par un symbole objet ou animal.
On peut voir en haut, le piler Djed : c'est l'ouest où est enterré le mort. À droite, au nord, l'eau marécageuse et le froid représentés par Osiris momiforme. En bas, à l'est, l'air et le souffle de la vie représentés par le chien. Enfin, à gauche, au sud, la lampe évoque la flamme, le soleil et le feu solaire. Le chien et la lampe seront les symboles de la renaissance.
XVIIIe dynastie, Thèbes

Interrogeons d'abord la représentation des plans de sépultures apparaissant parfois sur les murs des caveaux funéraires et sur lesquels sont évoquées les étapes du cheminement du désincarné et portant naturellement ses symboles. Prenons le plan figurant au mur du caveau thébain de Sénnéfer. Les salles sont réparties suivant les quatre éléments et en accord avec les quatre points cardinaux. En haut du plan (redressé), la petite pièce centrale contenant le pilier *Djed* qui évoque l'*ouest*, endroit de la première étape où la nécropole est située : les entrailles de la *Terre*. Puis, à droite, au *nord*, c'est la région de l'*eau* marécageuse ; elle est marquée par le chaouabti tel Osiris, plongé dans le Nil où il a été précipité par son frère Seth. La troisième étape, en bas, est celle de l'*est*, les *souffles de vie* y circulent : le défunt commence à se réveiller et à se servir de son système respiratoire. Il est évoqué par le chien noir d'Anubis, projection du mort encore privé de sa forme

Croquis antique du plan de la tombe de Sénnéfer

terrestre (humaine). Enfin, à gauche, au *sud*, le mort est intégré dans le *feu* solaire, figuré par la lampe dominée d'une flamme.

On se trouve devant l'évocation du cycle complet dans lequel le **chaouabti occupe la place du mort au cœur du monde aquatique** au nord, sous l'aspect d'un chaouabti sans lumière solaire.

Si l'on désire retrouver ces orientations essen-tielles, jumelées avec les quatre éléments, afin de suivre le passage d'un monde à l'autre, il faut se référer à la distribution très résumée, mais indispensable, des salles heureusement conservées dans le caveau de la tombe de Toutankhamon, et aux objets très caractéristiques que ses salles contenaient et qui soulignent son rôle. Ainsi, après avoir traversé la salle du sarcophage (l'*ouest*), en pénétrant dans la seconde salle du périple,

Plafond « aux vignes », tombe de Sénnéfer
Cette tombe est fameuse non seulement par les représentations sur les murs, qui sont évidemment assez classiques montrant le défunt et son épouse, mais par le plafond du caveau qui fait allusion aux destinées futures du défunt dans le royaume d'Osiris, dieu des morts et de la résurrection, et également le dieu de la vigne et allusion au « sang du dieu sacrifié ».
XVIIIe dynastie, Thèbes

Dans la tombe de Toutankhamon il y avait tous les objets dont il avait besoin, non pas pour faire « joujou », comme on le dit en naviguant sur le Nil avec un fausse voile, mais pour faire son pèlerinage. J'évoque ce pèlerinage devant l'image du bateau car tout personnage doit, avant de gagner les zones célestes, faire son pèlerinage à Abydos, le pays d'Osiris. Le meilleur moyen pour y aller, c'est de prendre un bateau vers la cité du Roi des morts Osiris. Thèbes

celle du *nord*, on arrive dans l'aire du principe *aquatique*, car ce local au nord contenait des coffrets où des chaouabtis avaient été déposés en nombre impressionnant. Des statuettes noires, variées et rituelles, recouvertes de bitume, évoquaient le roi dans un domaine sans lumière, et les divers modèles de bateaux, tous éléments rappelant l'élément aquatique, y avaient été déposés. A-t-on oublié qu'Osiris, mis à mort par son frère et ennemi Seth, avait été jeté dans l'onde obscure mais d'où providentiellement sa sœur-épouse, Isis, l'avait repêché ? Les boîtes contenant les chaouabtis avaient parfois été décorées par l'image d'un bateau voguant sur le Nil inférieur.

Dans la troisième salle l'admirable statue en bois du chien noir d'Anubis évoque d'une manière presque tangible l'être en devenir traversant, à la fin du voyage, la zone des désincarnés.

Pour conclure, la quatrième salle, contenant entre autres les insignes du couronnement, avait reçu les éléments des chars, plaqués d'or, évoquant la première apparition au monde connue du « roi-soleil ».

Dans l'inscription marquée sur le chaouabti (Livre des Morts, chapitre VI), le défunt, sous l'aspect de la momie, est interpellé et sollicité d'abandonner son état statique afin de mener des activités en rapport avec les travaux agricoles pour gagner, par ses propres efforts, le chemin de l'Au-delà. La confirmation nous en est indubitablement donnée par le décor d'un des murs des salles osiriennes du temple jubilaire de Ramsès III, à Médinet Habou.

En effet, sur un seul registre de mur, on aperçoit ce que l'on peut interpréter comme le résumé des travaux dont on pourrait croire

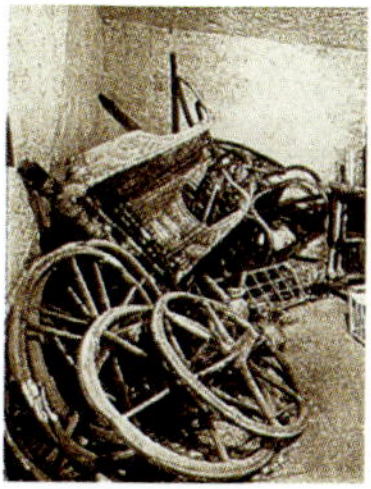

Dans la tombe de Toutankhamon
Les objets ont été empilés dans une réserve, faite de quatre pièces qui correspondent aux quatre points cardinaux nécessaires.
Dans l'une se trouvaient des **chars démontés** par manque de place.
Pour sa renaissance, le roi devait apparaître aussi éclatant que le soleil, tel Phoebus. Sur le fouet posé à côté, on trouve l'inscription : « Il apparaîtra à l'horizon, brillant comme le soleil ». C'est probablement l'origine du « Roi Soleil ». Entre la deuxième et la troisième pièce (correspondant au troisième point cardinal) l'Air se trouvait à la sortie de la pièce pour aller à l'encontre d'une autre pièce, le **chien d'Anubis** qui représente la zone que le mort va traverser pour renaître.
Le mot Anubis, ou « inepou » en égyptien signifie le fœtus, l'enfant à naître.
Cette statue d'Anubis toute noircie, parce qu'il est encore dans les ténèbres, est unique.
Nouvel Empire, Thèbes

Médinet Habou veut dire le village des Ibis, (temple jubilaire de Ramsès III)
Dans le fond du temple il y a deux parties : une partie solaire, une partie osirienne. La partie osirienne est décorée par des scènes qui évoquent la vie dans les limbes, la partie solaire représente le roi renaissant. Ici le décor de la chapelle osirienne « dans les champs Elysées » : le roi laboure la terre, moissonne la récolte avec sa faucille en or et vénère Hâpi, génie de l'Inondation.
XXe dynastie

qu'ils étaient uniquement réservés au simple civil mortel, ceux auxquels le chapitre VI du Livre des Morts fait allusion et qui apparaissent ici visiblement et également imposés à Pharaon ! À l'extrême droite, le roi pousse la charrue (activité qui ne l'aurait certainement pas taquiné de son vivant !). Au centre, avec sa faucille, il coupe le blé qu'il va, ensuite, présenter en offrande au génie de l'Inondation, Hâpi. Dans le domaine symbolique il faut comprendre que le roi défunt, après l'appel qui lui est fait, œuvre lui aussi par ses efforts, tels ses sujets, à l'acquisition de sa vie éternelle.

À la fin du Nouvel Empire, on déposait, parfois, dans les tombes des riches Égyptiens, jusqu'à trois cent soixante-cinq chaouabtis (un pour chacun des jours de l'année). Puis, on ajoutait à ce lot déjà substantiel quelques effigies du défunt « sortant au jour », c'est-à-

dire en « **costume de fête** » (costume des vivants). C'étaient les images du défunt qui se reposait à chaque *décan* de l'année (c'est-à-dire une vacance tous les dix jours). On comprend alors qu'elles représentaient le défunt qui réapparaît tenant sur son cœur son « oiseau-âme », le moteur de son éternelle vitalité, et en aucun cas, l'image parfaitement incongrue du… contremaître ! comme on l'a prétendu.

Des esprits chagrins pouvaient interpréter le phénomène des chaouabtis comme un élément de substitution à la corvée, mais le *détail essentiel* de la scène agricole symbolique, dont Ramsès III est le sujet, permet de lever les derniers doutes sur l'identité et le rôle joué par ces chaouabtis représentant bien effectivement les défunts prêts à participer eux-mêmes à la tâche qui leur était réservée personnellement, le souverain en tête.

L'évocation d'une petite chapelle en bois, appelée Naos
Recouverte de reliefs plaqués d'or, elle suggérait ce que les Égyptiens appelaient une maison divine. La « chapelle du Sud » concerne la renaissance solaire, alors que la « chapelle du Nord » qui évoque le mort a une corniche en creux. Ici, le toit est bombé. On ne peut pas se tromper : c'est la chapelle du Sud dont les quatre faces sont ornées de panneaux représentant les scènes qui se rapportent à la préparation de la renaissance du roi défunt. Tombe de Toutankhamon, Nouvel Empire

Le naos miraculeux de Toutankhamon

Le mobilier funéraire du petit roi Toutankhamon contient, dans la liste étourdissante de chefs-d'œuvre qui le composent, une chapelle miniature plaquée d'or. Posé sur un socle en forme de traîneau, ce naos épouse l'aspect du primitif « sanctuaire du Sud » de l'Égypte, au toit en pente, décoré du vol des vautours sacrés. Une porte à deux battants ferme l'entrée du réceptacle qui devait contenir les deux statuettes du couple royal, Toutankhamon et son épouse Ankhsenamon. (Il ne subsiste plus que la statuette de Toutankhamon.)

Décor de la porte intérieure de la chapelle funéraire
Contenu dans le naos de Toutankhamon, ornée par l'image qui évoque l'ancêtre des anges. L'ange ailé représenté est Isis. Nephthys, sa sœur jumelle, est figurée sur l'autre côté de la porte.

L'offrande des fleurs et des onguents pour le défunt (détail)

L'image du couple royal orne, en petits tableaux individuels traités en relief et dorés à la feuille, toutes les parois du meuble.

Quinze fois le groupe royal est représenté. La plupart du temps le roi, assis, reçoit passivement les hommages attentifs de la reine qui l'entoure de ses soins : offrandes de fleurs, d'onguents, de symboles, de bijoux prophylactiques. Dans *trois* tableaux seulement, le roi est montré en action. Les deux souverains sont toujours représentés ensemble, la reine agissant en faveur de son époux. Au reste, les inscriptions verticales qui encadrent latéralement trois des quatre faces extérieures du naos désignent la reine **Ankhsenamon** comme « **Grande de magie** » (… la Bonne Sorcière !). Elle n'accomplit donc que des rites bénéfiques en faveur de son époux.

Les lotus de la renaissance et les insignes de la déesse Hathor figurent parmi les offrandes présentées spécialement : *sistre* et *ménat*. À deux reprises, la souveraine est accroupie.

La lecture des scènes doit être faite en commençant par le flanc droit du naos (en se positionnant face à la porte), mais elles ne font pas uniquement allusion à la vie terrestre amoureuse du jeune couple ! N'oublions pas qu'il s'agit d'un petit meuble rituel funéraire. Parmi les premiers tableaux, on peut voir Ankhsenamon légèrement dévêtue, accroupie sur un coussin aux pieds de Pharaon (attitude très libre et très peu protocolaire !). Un de ses coudes est posé sur un genou du roi. De l'autre main elle reçoit un liquide que Toutankhamon lui verse au moyen d'une petite burette. On se trouve ici, exceptionnellement, devant une

Scène intime de la vie conjugale (détail)

scène très intime et « réaliste » ; il en est de même sur les trois autres tableaux qui décorent le flanc gauche du naos. S'éloignant complètement des scènes classiques, la reine, à nouveau accroupie sur un coussin, indique, d'un doigt pointé vers des canards sauvages, les cibles que le roi est occupé à tuer rituellement avec ses flèches pour anéantir les démons.

Il faut considérer ensuite les deux scènes terminales. Sur la première, Toutankhamon apparaît triomphant sur une barque, ayant capturé une « poignée » d'oiseaux nocifs des marécages qu'il brandit comme un trophée. Derrière lui, la reine se tient debout, en majesté. Sur la dernière scène du panneau, à droite, Ankhsenamon, les cheveux couverts de la petite coiffe royale, semble guider le roi défilant comme « réapparaissant ». Il est paré du *Khépéresh* et tient en main le sceptre *heka* du commandement.

La reine montre au roi les oiseaux malfaisants qu'elle lui demande de détruire pour ne pas compromettre sa renaissance craignant le mauvais œil qu'ils pourraient lui lancer (détail)

Le roi reçoit les bijoux prophylactiques et les insignes de la déesse Hathor (détail)

Les commentaires généraux concernant tout le décor du naos pourraient bien évidemment concerner les étapes diverses de la vie amoureuse des souverains et cadrer d'une façon cohérente avec l'ensemble décoratif de la petite chapelle. Cependant, le roi, après avoir reçu des bijoux prophylactiques, les plantes de la renaissance, les allusions aux fêtes jubilaires éternelles, reçoit aussi, entouré de tous les soins de la reine, les insignes de la déesse Hathor : c'est un *souverain défunt*.

En conséquence, devenue veuve, la reine a été honorée du titre divin de « **Grande de magie** », ce qui lui permettra, telle Hathor, de procéder à des rites magiques. Elle jouera le rôle de la grande déesse dans le sein de laquelle Toutankhamon va déposer le germe de sa renaissance éternelle. Il s'agit donc bien d'un acte rituel.

Ainsi, voit-on le roi défunt verser, dans la main de la divine amoureuse appelée « douce d'amour » (*beneret merout*), le précieux liquide fécondateur. Il porte, sur son gorgerin et dans un bouquet, les mandragores, fruits d'amour. Plus loin, on retrouve Ankhsenamon, devenue enceinte des œuvres du défunt, occupée à lui indiquer les cibles constituées de canards (nocifs) à abattre. Comprenons que ces volatiles, évoquant le « Malin », puisque menacés de destruction, ne devront plus nuire à la gestation, après l'acte d'amour.

Les obstacles étant supprimés, le chemin est libre pour la renaissance attendue : Pharaon réapparaît alors vainqueur des esprits néfastes. Glorieux, il traverse sur sa barque sortant du marécage, brandissant les oiseaux nuisibles capturés, donc rendus inoffensifs.

La renaissance, ainsi préparée, la réapparition est évoquée par l'image, en majesté, du roi, assisté par la reine *qui le soutient* au moment où il s'engage vers l'Éternité.

Le *détail* qui déclenche l'interprétation de tout le décor est cette scène, si chastement évoquée, de la *fécondation* de la reine, cette union nécessaire du désincarné avec la déesse Hathor (en l'occurrence Ankhsenamon) pour renaître dans l'Au-delà, et dont le rôle est rituellement joué par la veuve agissante.

Toutankhamon dépose le germe
de la renaissance éternelle dans le sein
de la reine appelée « douce d'amour »
(Beneret Merout)

Bague aux chevaux (donnée par le vice-roi d'Égypte à Champollion)
En or, elle était sertie de coralline et de turquoise aujourd'hui perdues.

4
Ramsès reconnaissant

Un des objets les plus originaux et précieux conservés au musée du Louvre, dans la vitrine des bijoux égyptiens, est la « bague aux chevaux », toute d'or ciselée.

Un jour, en 1934, lorsque j'eus la chance et le bonheur de travailler au musée du Louvre sous la houlette du chanoine Étienne Drioton – avant qu'il ne devienne directeur général du service des Antiquités de l'Égypte –, l'occasion se présenta d'avoir en main et en sa présence, pour la première fois, cette merveilleuse bague.

Le chaton est encadré des deux grands lotus de la renaissance, et entouré de deux bandeaux de fruits de mandragore jadis incrustés, symbole d'amour. Le sujet du centre est composé de deux chevaux en relief, piaffant devant une petite structure géométrique. À propos de ce « trésor », Étienne Drioton avait suggéré à juste titre que, par son style et son symbole, l'objet avait été commandé par Ramsès II.

La bague aux chevaux a probablement été ciselée par ordre de Ramsès II après la bataille de Kadesh à la gloire des deux chevaux qui lui sauvèrent la vie. Ils reçoivent leur provende quotidienne dans la mangeoire représentée devant eux. Ce bijou provient très probablement du trésor du fils aîné de Ramsès. Musée du Louvre

Quel roi, en effet, dans les annales de l'Égypte ancienne, aurait pu avoir l'occasion mieux que ce grand souverain, de reconnaître ainsi le rôle providentiel et historique joué par un attelage de chevaux ? On pense immédia-

Bataille de Kadesh
Au centre : forteresse de Kadesh sur l'Oronte entourée par un bras du fleuve et cernée par les ennemis syriens.
À gauche : une armée s'avance en ordre impeccable « à la romaine » vers la ville de Kadesh.
À droite : le chef syrien donne le signal de la retraite devant l'avancée des Néharins (troupe d'élite de Ramsès).

tement au moment crucial de la bataille qui faisait rage devant la citadelle de Kadesh sur l'Oronte (en Syrie) en l'an V de son règne.

En effet, abandonné par les soldats qui l'avaient accompagné, entièrement cerné par les troupes ennemies, s'opposant désespérément aux assaillants qui l'attaquaient de toutes parts, Ramsès ne dut la vie, avant l'arrivée des renforts, qu'à la fougue guerrière de ses deux juments… et à la protection d'Amon !

C'est, au reste, ce qu'il exposa lui-même après la bataille « devant le front des troupes », promettant, en témoignage de reconnaissance pour ses chevaux, de leur « *fournir lui-même chaque jour de ses mains leur provende* ».

Cet attelage royal, cité à plusieurs reprises dans le récit homérique de la bataille de Kadesh, est appelé : « *Victoire dans Thèbes* » ou encore « *Mout est satisfaite* », sans doute citant alors alternativement le nom de chacune des juments.

En parade ou en guerre, ces chevaux sont représentés harnachés, un diadème de magni-

La reddition des prisonniers
Ramsès juché à l'envers sur son char accepte la reddition des prisonniers dirigés et encadrés par ses fils. Certains de ces derniers tranchent la main aux ennemis tués pour les dénombrer.

fiques plumes d'autruche sur le sommet de la tête ; leur dos est recouvert d'un tapis de selle à « pompons » et tissé de fils de lin multicolores.

Sur la bague (d'à peine 2 cm de haut) qui est au Louvre, les coursiers sont représentés dotés d'une abondante crinière et d'une queue longue et fournie. La ciselure est rigoureusement réaliste dans l'exécution de ces images plastiques miniatures : on s'attend même à ce que les bêtes hennissent !

Les deux chevaux, côte à côte, sont représentés devant un objet indéterminé, d'une forme approximativement rectangulaire, arrondie à l'avant et démunie du panneau arrière.

Ce « caisson » constitue, cependant, *le détail* qui devrait éclairer la signification de la scène représentée sur le chaton de la bague. Si l'on accepte l'hypothèse suivant laquelle nous nous trouvons devant les acteurs ayant participé à la première grande bataille au monde (celle de Kadesh), on pourrait admettre que le sujet évoque le vœu royal : « Je leur donnerai tous les jours de mes mains leur provende. » C'est une façon de les anoblir encore et de leur assurer une éternelle existence. Dans ce cas, l'objet figurant devant les chevaux pourrait être une mangeoire ou, du moins, devrait avoir servi de mangeoire. Sa présence rappellerait évidemment l'événement historique auquel Ramsès devait la vie : un accessoire plus symbolique qu'on peut le croire, et qui ne rappelle pas forcément les mangeoires des écuries royales : il représenterait, avant tout, probablement une prise de guerre !

Il faut, alors, se reporter aux représentations si fameuses de la bataille de Kadesh, ornant la majorité des temples érigés par Ramsès, en tout premier lieu la grande scène sculptée sur le mur nord de la cour osiriaque souterraine du grand temple d'Abou Simbel. Le char royal présente ses flancs à demi ajourés. Les chars de l'armée royale, vus également de profil, possèdent un caisson plein et, à l'arrière, un profil légèrement en pente.

La charge de Ramsès
Ramsès conduit la charge contre une citadelle syrienne. Ses chevaux sont caparaçonnés de tissus et de pompons colorés, sur leurs têtes de volumineux diadèmes en plumes d'autruche. Mur sud de la salle centrale du grand temple d'Abou Simbel.

Dessin d'après le bas-relief de la page précédente : la charge de Ramsès
Trois de ses fils suivent Ramsès sur leurs propres chars. (Les bras de Ramsès représentés deux fois sont dus à un « repentir » du sculpteur.)

Il ne faut pas oublier que le souverain hittite, adversaire de Ramsès, avait assemblé une armée hétéroclite, constituée de la fédération des peuplades qu'il avait réunies à grands frais pour l'occasion. Les chars ennemis épousent, la plupart du temps, le profil de ceux des égyptiens. Parmi ceux-ci, pourtant, on constate des variantes qui permettent de les opposer au profil régulier du caisson ouvert à l'arrière, figuré sur la bague.

Je proposerais en définitive de comparer ce « caisson » aux vestiges d'un char ennemi, figuré non pas comme une mangeoire problématique, mais une « prise de guerre » symbolisant le « vil ennemi vaincu ».

Ce magnifique bijou historique, le plus ancien du genre qui soit connu, est entré, par miracle dans les collections de notre musée national, en 1827. Le consul de France au Caire, Drovetti, avait confié l'objet à Jean-François Champollion, pour qu'il soit remis au roi de France, Charles X. Rien n'avait été indiqué sur l'origine de la bague, mais on pourrait supposer qu'elle fut à l'époque trouvée non loin du Caire, dans la nécropole de

Sakkarah, à l'intérieur de la tombe de l'un des fils de Ramsès, Khâemsouaset, grand prêtre de Ptah, et situé très près du Sérapeum.

Pendant les Trois Glorieuses de la révolution de 1830, des membres de l'insurrection pénétrèrent dans le musée du Louvre. La « bague aux chevaux » de Ramsès et quelques autres objets exposés furent volés. Et pourtant, quelques jours après ce rapt, un petit garçon pâtissier vint miraculeusement rapporter au Louvre le précieux objet ! Cette bague ne devait pas disparaître ! Souvenons-nous qu'un phénomène analogue se produisit, *mutatis mutandis*, à propos du fameux diamant le « Sancy » : Charles le Téméraire l'avait fait sertir sur son casque dont il tomba pendant la bataille de Grandson. Quelques jours après la défaite un paysan le retrouva sur le champ de bataille et le vendit au curé du village pour quelques sols. Ce dernier en fit cadeau à son évêque : de mains en mains plus ou moins glorieuses, la merveilleuse pierre rejoignit les Trésors de la couronne de nos rois, au musée du Louvre.

Depuis cette époque, bien discrète en dépit de la gloire qu'elle évoque, la bague fait l'admiration de ceux qui la découvrent au Louvre. Laissez-moi vous conter le dernier chapitre actuel de ses aventures. En revenant des cérémonies du couronnement de S.M. la reine Élisabeth d'Angleterre, où il venait de représenter à Londres son empereur (et père), Mgr Haki-Hito le prince héritier du Japon, était pour quelques jours de passage à Paris. Il désirait, entre autres, visiter la section égyptienne du Louvre. Aussi le directeur du musée, à l'époque Georges Salles, un brillant japonologue, me demanda de recevoir le prince dans mon Département.

Entouré de son ambassadeur, du chef du protocole et des nombreuses personnalités de l'escorte japonaise, le jeune prince était contraint d'écouter mes commentaires que l'on m'avait priée de prononcer en anglais, mais que son ambassadeur lui traduisait simultanément en japonais. Après m'être informée auprès du chef du protocole, j'appris que le fils de Son Altesse impériale comprenait fort bien l'anglais, mais que, *seule*, la langue de l'Empire du Soleil levant avait le droit de toucher le tympan du prince ! Ce charmant jeune prince, impassible, semblait subir l'épreuve avec une élégante mais aussi avec une patiente résignation.

Lorsque le cortège arriva au premier étage de mon département, dans la vaste « salle des colonnes », je profitai de l'intérêt de la délégation porté sur de grands sarcophages dressés pour prendre à part, entre un groupe de colonnes et la fenêtre, Monseigneur le Prince. C'était le moment de le distraire.

Je lui demandai alors, dans le style le plus direct, s'il voulait voir, de près, la célèbre « bague aux chevaux » de Ramsès. Cela lui parut miraculeux !

Lorsqu'il prit en main le joyau, il me demanda bien timidement s'il pouvait le passer à son doigt. Je découvris à ce moment un jeune homme souriant, admiratif et loquace qui m'exprima chaleureusement son intérêt pour les merveilles qu'il venait de voir et surtout pour l'instant émouvant qu'il vivait exceptionnellement.

Mais, pendant ce moment de « récréation », l'ambassadeur avait perdu son prince !

L'émoi s'estompa après la fermeture de la vitrine et notre réapparition hors du groupe de colonnes de marbre blanc.

Saura-t-on jamais si Ramsès avait prévu un destin pareil et une telle longévité à l'objet qui continue, encore de nos jours, à évoquer son sincère élan de reconnaissance pour ses coursiers sauveurs de sa vie et de son honneur ?

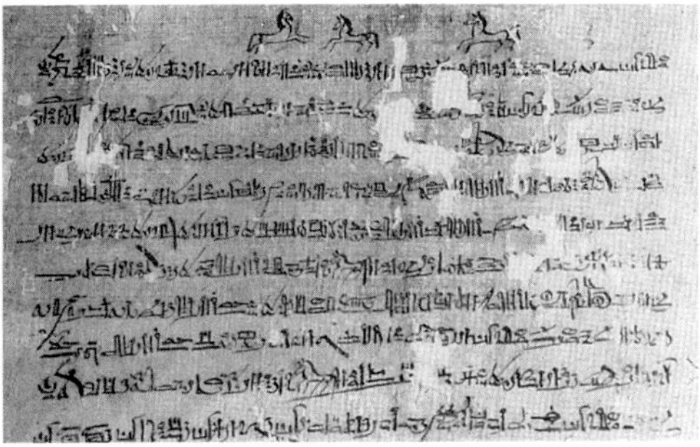

Extrait du poème de Pentaour
Ce poème retraçant la bataille de Kadesh mentionne les chevaux de Ramsès.

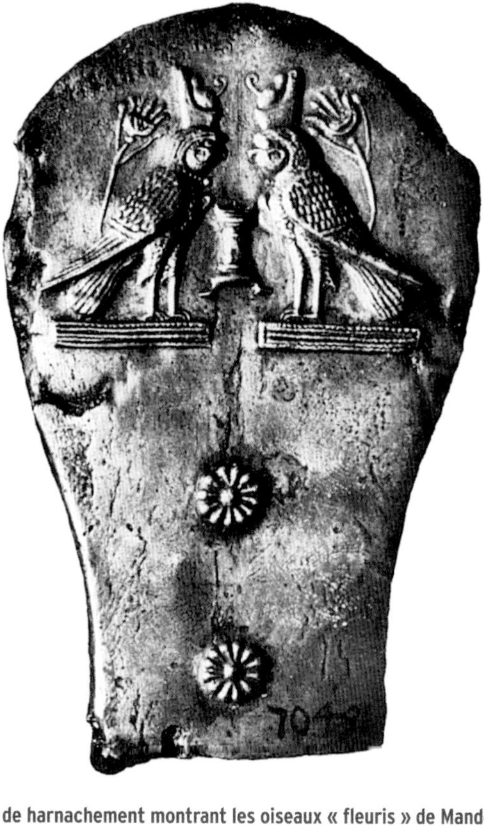

Décor de harnachement montrant les oiseaux « fleuris » de Mandoulis devant un « autel à cornes »
Trésor de Ballana et de Qustul, Nubie égyptienne. Musée du Caire

5

Qui étaient vraiment les maîtres de Ballana et de Qustul ?

Lorsqu'il fut question de surélever le premier barrage sur le Nil égyptien, trente années après son édification en 1902, le Service des Antiquités de l'Égypte entreprit, en raison de ces travaux, une première série de recherches sur les sites nubiens menacés de submersion. La région concernée était située au sud de la Première Cataracte, s'inscrivant entre Assouan, au nord, et la frontière septentrionale du Soudan, à Ouadi-Halfa, au sud.

Les eaux de l'Inondation allaient donc recouvrir cette contrée sur les deux rives du Nil jusqu'à la hauteur de 120 mètres au-dessus du niveau de la mer. Ainsi, lorsque l'Inondation annuelle du fleuve arrivait (fin juillet), les vannes du barrage étaient ouvertes et le flot s'écoulait librement vers l'Égypte, alors que la Nubie retrouvait ses rives antiques.

En conséquence, les Nubiens se mirent à déménager leurs villages pour les reconstruire hors des terrains qui allaient être définitivement gagnés par les eaux. Mais, auparavant, toute cette surface devait être fouillée. La région s'étendant du sud d'Abou Simbel jusqu'à Ouadi-Halfa fut confiée pour prospection à ce remarquable architecte et archéologue de l'University Collège de Londres : Walter Emery. C'est ainsi que furent découvertes, sous de petits **tumuli** entre les localités de **Ballana** et de **Qustul**, les tombes princières qui semblaient avoir appartenu aux maîtres de la région. Mais quels maîtres et quelle réelle région ?

Ces sépultures, mises au jour, étaient d'une grande richesse en comparaison des humbles tombes environnantes. Elles étaient, surtout, d'un type absolument nouveau. Les fouilleurs avaient l'impression de se trouver sur un terrain bien étrange, évoquant les témoignages d'une civilisation barbare, dont les productions étaient constituées d'éléments hétéroclites de diverses provenances.

Ils butèrent, dés l'abord, sur des cadavres de chiens et de chevaux, qui avaient été sacrifiés sur place, au moment des funérailles : c'était le témoignage d'une coutume bien étrangère aux traditions égyptiennes. Puis, W. Emeryse trouvait devant une accumulation d'objets d'une variété et de style inattendus dans ce qu'il pouvait considérer comme un « mobilier funéraire ». Des vases et des lampes en bronze, des trépieds, des torchères d'un style gréco-romain abâtardi, également en bronze, voisinaient avec des statuettes, des coffrets en bois dignes d'un travail d'ébénisterie, mais maladroitement décorés de figures géométriques et de représentations humaines réalisés en os et en ivoire, bref, un « bric-à-brac » de diverses provenances et de valeur difficilement classable, remontant probablement aux premiers siècles de notre ère. Cependant, aucune inscription ne fut trouvée. En revanche, il y avait des harnachements de chevaux si magnifiques qu'ils furent exposés au musée du Caire sur des maquettes de solides chevaux grandeur nature, pour les présenter, dès leur découverte, sous leur aspect le meilleur.

Les propriétaires de ces reliques devaient être de puissants cavaliers et l'étude de l'ensemble du « trésor » laissait penser que, tels les nordiques Vikings, ils devaient se livrer à des véritables « razzias » sur divers sanctuaires pour en ramener un butin qui n'était généralement pas de leur fabrication.

Revenons aux maîtres des sépultures que W. Emery qualifia immédiatement du terme de « Souverains ». En effet de lourdes couronnes avaient orné leur front ; elles étaient complétées de décors « égyptisans », rappelant les éléments pharaoniques très abâtardis, mais parfaitement reconnaissables. Parmi ces ornementations figuraient les images des cobras (l'*ureus*) dressés, des plumes propres aux coiffures des formes divines, des décors de lotus, des images de petits faucons… Ces couronnes étaient ornées de pierres semi-fines en cabochon. Il fut impossible à W. Emery de trouver *le détail* suffisamment probant pour identifier les propriétaires de ces massives couronnes et de ces autres éléments si disparates.

Couronne du chef des Blemmyes ornée, entre autres, de l'insigne typique de leur dieu.
Trésor de Ballana et de Qustul.
Musée du Caire

D'où venaient les propriétaires des chevaux et quel peuple avait pu se livrer à ces sacrifices, parfaitement étrangers aux mœurs égyptiennes ? S'agissait-il de ces fameux **Blemmyes** qui avaient terrorisé la Nubie ? Mais *aucune preuve* ne pouvait appuyer cette hypothèse.

En bref, les Blemmyes étaient composés de tribus quasiment sauvages, issues du **désert oriental**, qui s'infiltrèrent au nord de la Nubie, dans la région vouée au culte d'Isis depuis Ptolémée IV, et qui gagnèrent aussi la région thébaine. L'empereur Dioclétien rétablit la frontière à Assouan et, pour lutter contre les

païens Blemmyes, appela un autre peuple du désert, mais occidental, les chrétiens **Nobades**, pour tenir en échec les Blemmyes et occuper la région entre Thèbes et Kalabsha (à plus de 80 km au sud d'Assouan). Le temple de Kalabsha construit par l'empereur Auguste avait été dédié à une entité portant le nom grécisé de **Mandoulis** (originairement : *marou* ou *maroual*). C'était, en fait, la forme locale du Grand Horus, le faucon.

Temple de Kalabsha en Nubie égyptienne
Ce temple est dédié au dieu solaire nommé Mandoulis en Nubie, territoire qui a été colonisé par l'Égypte. (Ce dieu est Horus en Égypte.)
Dessin de Roberts

En 460 les Blemmyes envahirent à nouveau le sud de l'Égypte. Enfin, les Romains et les Blemmyes observèrent une paix qui dura cent ans. Ces derniers eurent le droit de se rendre à Philae pour célébrer certaines fêtes et surtout prendre possession de la statue d'Isis, la Grande Mère, afin de la véhiculer et de la ramener régulièrement sans dommage dans son Grand Temple.

Blemmyes païens et Nobades chrétiens se disputèrent la suprématie, au Pays de Ouaouat (Nubie) jusqu'à ce que Justinien ordonne la destruction du Grand Temple de Philae, transformé en église où des luttes sanglantes survinrent. En définitive, il fut épargné mais les prêtres de l'ancien culte furent emprisonnés et les statues emportées à Constantinople.

Environ vingt-cinq années après cette découverte de Ballana et de Qustul, le barrage sur le Nil égyptien, déjà surélevé à deux reprises au sud d'Assouan, ne permettait définitivement plus aux Égyptiens d'accumuler une réserve d'eau suffisante pour irriguer l'Égypte. Afin d'éviter un assèchement dramatique des rives du Nil, le gouvernement égyptien fut contraint, dès 1953, de sacrifier définitivement la Nubie en la transformant en un gigantesque réservoir d'où allait s'écouler une distribution pérenne pour tout le pays. Le Grand Barrage, ou **Sadd-el-Ali**, allait transformer cette Nubie en un immense lac contrôlé par un barrage dont le niveau des eaux devait atteindre 180 mètres au-dessus de la mer, et régir l'irrigation, comme il en a été question plus haut.

Il fallait, une fois de plus, se pencher sur le sort réservé aux temples de Nubie. Je ne reviendrai pas sur la « bataille » à laquelle je me livrai pour sauver de la disparition les vingt-deux temples et chapelles pharaoniques répartis sur tout le cours du Nil nubien, soit un peu moins de 400 km de chaque côté du fleuve. Mais, avant de déplacer les temples, il était nécessaire d'exécuter le relevé scientifique des monuments dont une partie, seulement, avait fait l'objet d'études antérieures. Ce travail concernait l'architecture des bâtiments, leurs décors, leurs inscriptions, etc.

Représentation des deux formes du dieu solaire
Le dieu père à tête de faucon et le dieu fils coiffé de la couronne orné de la boucle symbole de la jeunesse. (Symbole que l'on retrouve dans la religion musulmane où l'on rase la tête de l'enfant en ne laissant qu'une seule mèche de cheveux.) Époque romaine.

J'étais, avec mon équipe, dans le temple de Kalabsha au sud d'Assouan, au tropique du Cancer, exactement. C'était en septembre 1960, alors que le monument était sorti des eaux de l'Inondation, mais privé de toute la polychromie dont il avait été recouvert à l'époque romaine. Le travail des relevés archéologiques était achevé. Il ne me restait plus qu'à finir d'enregistrer les « *graffiti* » ou « *écrits sauvages* » gravés indépendamment du décor liturgique du temple et tracés par les anciens pèlerins. Dans cette Nubie devenue chrétienne, le temple de Kalabsha n'avait pas été occupé par ceux des Nubiens qui avaient accueilli la nouvelle foi chrétienne, d'autant que ce temple avait, répétons-le, dès sa construction, été consacré à la forme nubienne d'Horus : Mandoulis. Ce dernier présentait deux aspects inspirés de l'ancien culte pharaonique en deux expressions : Mandoulis-l'Ancien et Mandoulis-le-Jeune.

Ce duo était vénéré sous sa double forme dans les diverses salles du temple, la dernière

Graffiti du temple de Kalabsha
À gauche, graffiti trouvés sur la plinthe inférieure des murs (qui portent les images majestueuses du dieu dont on distingue les pieds) et réalisé par des pèlerins venant honorer le dieu Mandoulis.
On y voit : le serpent de la déesse et la forme féminine Ouadjet (la déesse papyrus) présentant le signe ank à l'oiseau sacré de Mandoulis.
À droite, plinthe d'un grand relief : graffiti gravés par deux pèlerins différents, représentant deux oiseaux de Mandoulis qui se font face.

salle avait reçu *deux chapelles jumelées* affectées aux deux expressions de Mandoulis, apparaissant partout ailleurs sous l'aspect humain.

Cependant, les montants de la porte d'entrée du temple portaient la double image d'un pharaon anonyme dont chaque figuration présentait, en direction de l'intérieur du temple, un oiseau qui évoquait l'aspect populaire de Mandoulis. C'est sous cette forme que les pèlerins ont peint, ou encore gravé, durant leur passage en ces lieux, les deux oiseaux (faucons) coiffés de la couronne royale – le **pschent** – et parfois munis d'une tête humaine. Après que la Nubie fut devenue chrétienne, ce temple fut déserté par ces mêmes populations chrétiennes, les Nobades, et fut transformé en fief réservé aux Blemmyes, les

Relief mural à l'arrière du temple de Kalabsha
Représentation des deux formes du dieu solaire : Mandoulis père à droite et Mandoulis fils à gauche coiffé de la triple couronne.

Le « lâcher » des oiseaux de Mandoulis
Porte d'entrée de l'hypostyle du temple de Kalabsha.

Graffito des oiseaux de Mandoulis face à face.

païens restés fidèles aux vestiges des anciennes formes divines du temps des Pharaons. Leur sanctuaire demeurait *exclusivement* celui de Kalabsha qu'ils fréquentaient régulièrement pour vénérer leur « Soleil » sous sa forme dédoublée de Mandoulis l'Ancien et Mandoulis le Jeune. On voit même apparaître, sur les plus récents bas-reliefs de la première cour, une troisième forme du dieu, assimilé au classique Harpocrate : cela constituait une sorte de trinité !

Toujours est-il que la partie inférieure des murs extérieurs du pronaos et quelques colonnes de la cour avaient reçu le témoignage des pèlerins Blemmyes sous la forme des deux oiseaux du dieu, la plupart du temps, munis d'une tête humaine, et parfois ornés d'une fleur de lotus partant de leur dos et dominant leur tête.

Mandoulis : l'Aîné, Kalabsha

Mandoulis : le Jeune, Kalabsha

Apparition de Mandoulis

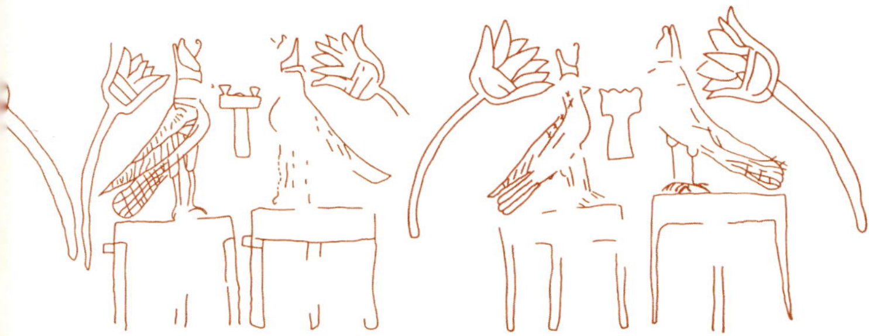

Le graffito le plus élaboré est composé des deux oiseaux se faisant face et représentés devant un « autel à cornes » (apparu dans le décor des temples de la Basse Époque). Un autre détail très important complète le tableau : du dos de chacun des deux oiseaux surgit un lotus à la tige courbée en direction de « l'autel à cornes ». J'ai repéré le plus bel exemple de ce groupe sur la dernière colonne de gauche de la cour, face à l'angle du pronaos.

Graffiti des oiseaux fleuris de Mandoulis
Temple de Kalabsha

Ce *détail* qui paraissait sans doute d'un poids bien mineur était vraisemblablement un signe de dévotion très populaire et de ralliement des zélateurs de Mandoulis, les Blemmyes, maîtres à Kalabsha. De surcroît, ce détail bien discret, mais typique des Blemmyes me permit – un quart de siècle après la découverte de W. Emery – d'identifier les maîtres de Ballana et de Qustul. En effet, sur certains éléments particuliers du harnachement des chevaux du mobilier funéraire de ces rois païens encore inconnus, apparaît le même petit tableau composé des deux oiseaux en vis-à-vis, de part et d'autre de l'« autel à cornes », et dominés par deux élégantes fleurs de lotus jaillissant de leur dos en direction de l'« autel à cornes » ! Image qui ornait le harnachement des montures journellement utilisées par les rois barbares blemmyes et qui était également reproduite sur leurs couronnes.

C'est bien, ici, le cas d'écrire que *le détail change tout* ! Ces deux oiseaux, complétés de leurs symboles floraux, étaient, à eux seuls, témoins de la vénération que les Blemmyes portaient à Mandoulis. Ils figuraient sur les objets portés ou utilisés par ces rois païens, leurs couronnes et le harnachement de leur monture, et révélaient par cela même l'identité des zélateurs du dieu.

L'« âme » solaire de Mandoulis véhiculée par le Nil (sous forme de cobra)

6

L'« eau du ciel »

La grotte d'Hathor dans le fond de la Vallée des Reines

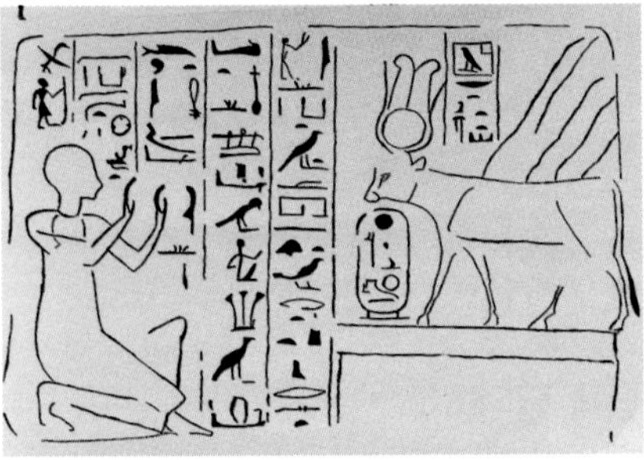

Deux graffiti côte à côte, avant l'entrée de la Vallée des Rois
Ils représentent tout deux la vache Hathor. Sur le premier graffito, la vache porte deux hautes plumes droites (symbole d'Amon, dieu de Thèbes) ; elle est représentée en maîtresse de Thèbes, symbole des vivants ; sur l'autre graffito, la vache porte des plumes d'autruche (symbole d'Osiris) : c'est la vache maîtresse de l'occident, de la rive gauche de Thèbes et la maîtresse des morts.

Voici un phénomène dont le déroulement s'achève par une histoire quasi miraculeuse. Il m'est arrivé de l'exposer une première fois assez superficiellement. Afin d'en faire l'entière démonstration, il me faut maintenant remonter aux sources et entraîner mon lecteur, pour lui faire revivre, dans les méandres de mon raisonnement, les étapes de l'enquête archéologique, guidée par les questions qui surgissent à l'évidence au cours des phénomènes successivement détectés.

L'histoire commença à l'époque où j'avais organisé une mission de recherche des « graffiti » gravés sur les flancs de la montagne thébaine. Je m'explique. Un de mes très savants confrères, le docteur Jaroslav Cerny, professeur au Queen's College d'Oxford, recherchait depuis plusieurs années déjà, les ex-voto et autres petits écrits (« graffiti ») des antiques pèlerins gravés sur les falaises rocheuses de la rive gauche du Nil, face à Louxor. Nous étions avec lui, mon équipe de chercheurs et des confrères égyptiens du CEDAE, affairés à poursuivre cette chasse aux inscriptions.

Ces humbles témoignages émanaient des ouvriers de Pharaon affectés au creusement des caveaux funéraires de la Vallée des Rois. Cette corporation formée de spécialistes fut florissante dès la fin de la XVIIIe dynastie (à partir de 1402 avant notre ère). C'étaient de véritables fonctionnaires du souverain regroupés dans leur village – le moderne Deir el-Médineh – qui abritait une vie très organisée. Ils dépendaient directement du vizir qui, résidant à Thèbes, leur assurait nourriture et service ! Les enfants fréquentaient l'école généreusement pourvue d'une bibliothèque qui les initiait à la lecture des contes populaires et de textes littéraires.

Au hasard d'instants de repos dans la nécropole royale même, ou encore lors de moments de loisir savourés toutes les décades (les semaines de dix jours), ces artisans se sentaient vivre encore davantage sous l'imposante présence de la « pyramide » naturelle que forme la Cime thébaine dominant réellement la Vallée des Rois.

Ruines du village des ouvriers de la nécropole, affectés au creusement des tombes royales, rive gauche de Thèbes, Deir el-Médineh.

Vue de la Vallée des Rois dominée par la Cime thébaine en forme de pyramide naturelle
Au premier plan, descente vers la tombe de Toutankhamon.

En réalité, la *Sainte Cime* coiffe la profonde Vallée des Rois, mais la Vallée des Reines, plus au sud, ne bénéficie pas de cette divine protection.

À bien réfléchir, la forme de la cime thébaine, de même que le sommet des pyramides ou celui des obélisques, évoque le symbole de la virilité, l'emblème phallique par excellence. En revanche, la forme évasée de la Vallée des Reines, bordée de chaque côté par deux pans de montagne, me paraît évoquer un vaste berceau : celui de la féminité.

Peut-on comparer plus avant et tenter de mieux interroger le fond rocailleux du site ? Pour la première fois mon équipe, à laquelle j'avais expliqué mes intentions de poursuivre les fouilles, et se montrait évasive, même légèrement critique et doutait fortement du résultat de mes recherches… N'importe ! Il faut toujours tenter.

Il s'agissait, en fait, de quitter le terrain où les hypogées des reines et des princes étaient

aménagés, pour monter, vers l'ouest, jusqu'à la paroi rocheuse du fond de la Vallée, afin d'arriver devant une étrange et étroite ouverture, en hauteur, donnant accès à une sorte de grotte… partiellement sans couverture. Ce lieu avait été négligé depuis longtemps, plus exactement il avait été ignoré : éloigné des terrains où les caveaux funéraires furent creusés, il n'avait aucunement attiré l'attention des archéologues, encore moins celle des touristes. Et pourtant, si l'on songe à certains graffitis gravés sur un de ses murs faisant, entre autres, allusion à « l'eau du Ciel (*mou en pet*) », on peut alors imaginer que des hommes avaient peut-être utilisé ce lieu comme refuge, dans cette zone désertique où de rares mais terrifiantes pluies sont encore dévastatrices.

En haut : **Vallée des Reines, fouille du cirque** (au fond : entrée de la grotte).
Ci-dessus : **entrée de la grotte sacrée**, bordée de deux images des animaux divins : la vache Hathor et l'hippopotame Thouéris. (À gauche on reconnaît une tête de vache de face et à droite un hippopotame.)

Au sommet de la longue montée, au flanc de la façade rocheuse, on parvient à une sorte d'esplanade. À droite (au nord), sept petites marches ont été taillées jadis dans le rocher permettant d'accéder à un étroit passage en partie occupé sur la gauche (au sud) par les importants vestiges d'un mur de gros moellons. On se trouve alors sur le sol de la grotte, légèrement sablonneux et d'une régularité étonnante.

Graffito de la déesse Hathor

Toute en largeur, sa hauteur est de vingt-cinq mètres (après la fouille). La muraille rocheuse intérieure de droite (au nord) présente une avancée formant terrasse sur deux mètres de hauteur. Au sommet, une ouverture laisse apercevoir le ciel. C'est un endroit mi-clos. Les parois intérieures semblent avoir été égalisées de main d'homme ; les sept marches taillées et le mur de grosses pierres qui borde le côté sud-est du sol témoignent à eux seuls d'un souci d'aménagement du site.

En se tenant debout sur la petite « terrasse » que formait l'avancée de la muraille nord, des hommes avaient gravé sur la paroi, textes et dessins. On distingue d'abord des « graffiti » préhistoriques, tels qu'on a pu en relever à la base de la cime pyramidale thébaine : entre autres, des bovidés aux larges cornes, une élégante girafe… Surchargeant presque ces dessins du paléolithique supérieur, se détache l'image de la vache Hathor et, plus loin, la jolie silhouette de la belle déesse dessinée à

Graffiti dans la grotte mentionnant :
« 2e année 4e mois de la période Shemou le 23e jour est survenu l'eau du ciel »

l'ocre rouge. Ces dernières figures portent le style du Nouvel Empire (vers – 1280). Puis, dans les parages, se trouvaient des « graffiti ex-voto », expression d'identité de leurs auteurs par la citation de leurs noms et titres, et parmi ces écrits apparaissent les citations de « l'eau du ciel (*mou en pet*) » accompagnées de la date où les phénomènes étaient apparu.

– *an 62 de Ramsès II*

– an 4 de Meneptah, le 27e jour du 1er mois de Shemou

– an II, le 24e jour du 4e mois de Shemou (sous les règnes de Ramsès puis de Meneptah).

Sur cette avancée rocheuse les hommes étaient certes à l'abri, alors que s'ils s'étaient placés sur le sol au centre de la grotte en partie à ciel ouvert, ils auraient reçu non seulement la pluie par l'ouverture du sommet, mais

Représentation de la vache Hathor peinte à l'ocre rouge au fond de la grotte de la Vallée des Reines.

Graffito préhistorique d'une girafe

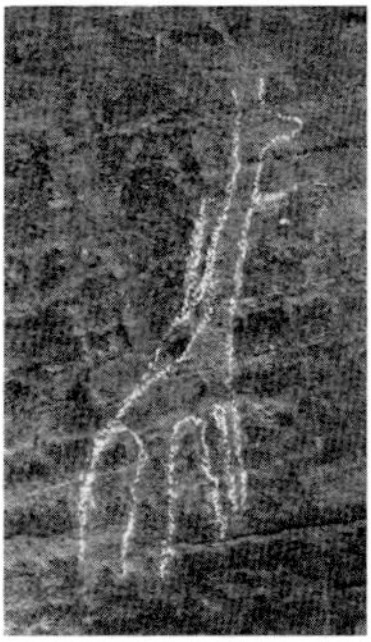

cette dernière, renforcée par le flot venant du ouadi supérieur de la montagne et charriant de grosses pierres, les aurait probablement assommés.

Chemin menant à la grotte vu du sommet de la montagne

Le sommet de la montagne

Intérieur de la grotte située au fond de la Vallée des Reines
Début de la fouille archéologique.

Il ne me restait plus qu'à gravir le périlleux petit sentier qui prenait son départ au nord de la grotte pour atteindre le sommet, en contournant la montagne, afin de constater comment la cascade était alimentée. C'étaient en fait deux lits de torrents (à sec au moment où je les approchais) qui se rejoignaient peu avant l'ouverture du rocher supérieur dominant la cascade. Mais nos amis les artisans de Deir el-Médineh ont appris – et ce fut à leurs dépens – que les eaux torrentielles véhiculaient même d'énormes pierres. Aussi avaient-ils à un certain moment creusé un large puits, un déversoir intermédiaire, profond d'environ trois mètres, qui avait pour rôle de « tamiser » les eaux avant qu'elles ne tombent en cascade. Tout avait donc été soigneusement organisé.

Prise des mesures d'un crâne humain découvert au fond du bassin de la grotte

Partant de ces premières observations, il paraissait alors très probable de considérer le sol si régulier sur lequel je marchais comme relativement moderne. Pour m'en assurer, il fallait procéder à la fouille, ce que j'entrepris. Pendant plusieurs semaines, avec trois ouvriers très spécialisés, la surface du sol fut prélevée centimètre par centimètre ; nous ne trouvions, alors, que de très fins gravillons semblables à ceux qui peuvent recouvrir un terrain régulièrement tamisé par l'eau. Puis l'uniformité relative du sol fut rompue par l'apparition de grosses pierres assez rapprochées tombées près de l'axe de l'ouverture supérieure. À un niveau légèrement inférieur, proche de ces pierres, apparut dans les gravats une très belle jarre de terre cuite rouge ocre vernissée, au fond brisé. Non loin, une découverte émouvante et inattendue pour un pays où l'homme était réellement respecté, nous allions dégager un crâne humain d'adulte, quelques fragments osseux, puis un crâne de garçonnet (?). Les autres vestiges, dont les fragments d'un autre crane, avaient été dispersés et dilués par le ravage des averses. Un ou deux hommes, accompagnés d'un jeune compagnon, étaient venus, avec cette jarre, puiser, très probablement, l'eau sainte qui tombait du ciel à cet endroit désertique. Les eaux des *ouadi* supérieurs roulant des rochers – sans doute avant que le puits de sécurité ne puisse être aménagé –, ces derniers tombèrent directement dans la grotte avec la force des « eaux d'orage », provoquant la mort des trois « pèlerins ». Un drame qui, d'après tous les vestiges, pourrait avoir eu lieu avant la fin de la XIXe dynastie. Très émue devant ces humbles vestiges si évocateurs, j'ai poursuivi le dégagement. Au fur et à mesure de l'opération, un bassin se dessinait, épousant la forme d'une coque de navire, laissant apparaître les parois rocheuses régulièrement taillées. Toute cette surface était encore *peinte à l'ocre rouge* jusqu'à un mètre de l'entrée, alors passée à l'ocre jaune, à peine ternie par l'eau des orages et tous les dépôts qui y étaient accumulés !

Le fond du bassin avait été taillé d'est en ouest. Deux grosses roches visiblement polies, enfoncées dans le sol, évoquaient deux énormes muscles, bordant le côté est du bassin. À l'opposé, le fond ouest était taillé à sa base

Coupe du bassin de la grotte (est-ouest)

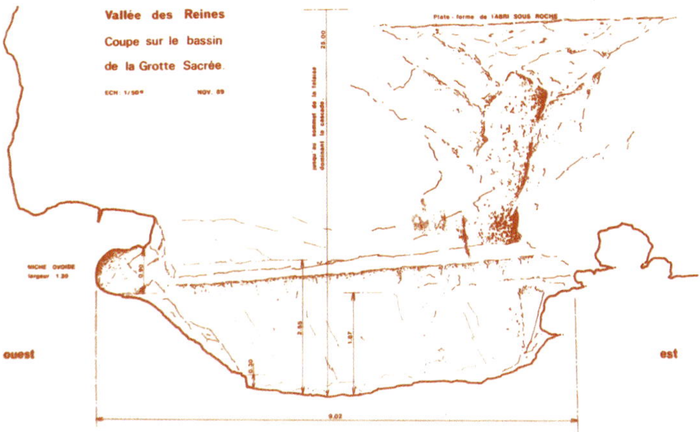

en triangle et constituait le point de départ d'une rigole évidée et légèrement sinueuse tracée d'ouest en est.

Pour me résumer, je me trouvais au fond de cette grotte « sanguinolente » devant l'évocation de l'utérus de l'Éternelle Mère, confondue avec la Grande Hathor, patronne des trépassés. Ainsi dégagé, le sol révélait les offrandes qu'il avait reçues ou du moins ce qu'il en restait – une grande quantité de poteries, toutes ocre-rouge, la plupart vernissées, *cassées systématiquement*, suivant le rite magique bien connu du « **bris des vases rouges** » (voir plus loin), et voisinant avec d'autres dépôts sans doute jetés en offrande. De provenances diverses et profondément prophylactiques, c'étaient entre autres une patte d'âne, des vertèbres de varan, de petits os de veau, dont la moelle prélevée avait permis de peindre l'intérieur à l'*ocre rouge*. À ces nombreux petits vestiges qui avaient miraculeusement échappé aux eaux de remplissage du bassin et au poids des sédiments déposés, se trouvaient mêlés d'importants petits copeaux de cuivre et – ô miracle ! – des fragments de coquilles d'œufs d'autruche ; enfin, d'infimes petites lamelles d'or, tous éléments employés, en magie, pour se protéger des animaux venimeux (cf. *Le papyrus d'ophiologie de Brooklyn* publié par S. Sauneron).

Sol de la grotte après fouille et balayage
Le sol de la grotte (au plafond ouvert) avait été recouvert de petits graviers apportés par la pluie. Après un balayage soigneux fait à l'aide de pinceaux en soie de porc, il apparut des morceaux de poterie cassés selon le rite des « bris de vases rouges ».

Près de l'entrée, sur le flanc sud du bassin, quatre marches avaient été taillées dans le rocher, faisant penser à une descente aménagée pour atteindre le niveau de remplissage du bassin.

M'appuyant sur les témoins mis au jour, j'imaginais l'utilisation qui avait pu être faite d'un tel dispositif : un endroit épousant la forme approximative du Grand Utérus Sacré, muni d'une ouverture au sommet qui devait, ainsi, recevoir au moment des redoutables orages, l'eau qui tombait en cascade s'écoulant des *ouadi* supérieurs, comparable aux eaux de la naissance et couvrant le plancher utérin du grand « *Sein primordial* », avant de s'écouler en direction de la nécropole.

Il était facile de détecter au sol et contre les rochers le cheminement de l'« eau du ciel » sortant du trop-plein du bassin, et s'écoulant en une double pente vers le nord et vers le sud, sur plus de cinq cents mètres. À la limite des premiers caveaux funéraires, les vestiges d'un long barrage de pierre étaient encore visibles. Je me trouvais donc devant tout un système aménagé par l'homme et qu'il convenait maintenant d'étudier.

Les premières conclusions qui pouvaient en être tirées me permettaient évidemment de comprendre que j'étais en présence d'un sanctuaire dédié au Grand Giron Maternel qui devait contenir les eaux sacrées et un peu terrifiantes, provoquées par les rares orages menaçant la région. Il me fallait maintenant retourner devant l'ouverture de la grotte orientée vers l'est et considérer la façade avec la plus grande attention, principalement quelques instants après l'apparition du soleil. Les deux montants de l'ouverture présentaient deux reliefs différents. À main droite, au nord, la silhouette d'un hippopotame femelle, mamelles visibles, évocation de crocodile vaincu sur son dos, semblait s'avancer sur ses courtes pattes, la tête légèrement tournée vers la droite pour pénétrer dans le passage. Les « retouches », pour souligner les formes animales sur la pierre, étaient encore très visibles. À main gauche, au sud, la tête de la vache Hathor, vue de face, avait été, très probablement, retouchée sur une forme initiale ébauchée par la nature.

On sait que ces deux animaux étaient souvent représentés pour illustrer une des dernières vignettes du Livre des Morts, dans le chapitre qui concernait la renaissance du trépassé. Sortant de la montagne désertique, la partie antérieure de la vache apparaît d'une façon inattendue, mais entourée de papyrus, ce qui semble en réalité quasiment inexplicable. Au pied de la montagne, l'hippopotame, debout sur ses pattes postérieures, monte la garde !

Cette symbolique animale évoque bien l'instant au cours duquel le défunt sort de la matrice dans laquelle il vient de se reformer pour renaître à l'éternité sous l'effective assistance de l'hippopotame Thouéris.

On imagine, au cours des rares orages qui surviennent en Haute-Égypte, les trombes d'eau remplissant le bassin jusqu'à déborder, puis s'écoulant au-dehors et finissant par être arrêtées devant la digue érigée près des premiers caveaux de la vallée.

Au cours de la saison de fouilles suivante, j'entrepris la prospection complète du site. Je détectais les emplacements à l'intérieur de la grotte et son parvis où les murs avaient été aplanis, je suivais les traces du cheminement du trop-plein des eaux qui s'amenuisait sur la pente avant d'atteindre un bassin rectangulaire aménagé au pied de la digue fermant l'ensemble du site et le séparant visiblement de la vallée proprement dite.

La grotte d'Hathor dans le fond de la Vallée des Reines
L'entrée est bordée par des rochers naturels qui évoquent les silhouettes de la tête de la vache Hathor à gauche, et de l'hippopotame de Thouéris, à droite, portant sur son dos la dépouille du crocodile légendaire. Cela fait allusion à la bataille mémorable qui eut lieu entre l'hippopotame « favorable » et le crocodile qui voulait avaler le monde ; l'hippopotame est sorti vainqueur et porte la dépouille du crocodile sur son dos. Comme on peut le voir à ses mamelles, l'hippopotame est une femelle.

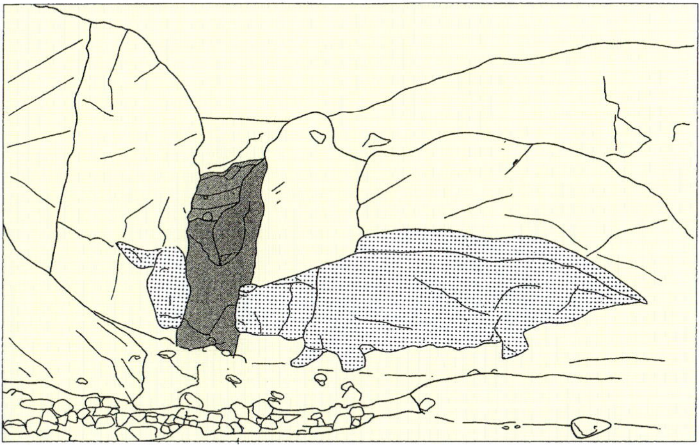

Parvenant à la base de la digue contre laquelle je dégageais un bassin-réservoir rectangulaire destiné à recevoir les dernières eaux sacrées, j'atteignais les *dépôts de fondation* magiques que je m'attendais effectivement à trouver : je mettais alors au jour une épaisse couche de charbon de bois prophylactique encore préservée sous le niveau du sol antique.

Quant au fond du bassin, il avait été revêtu d'une sorte de ciment relativement intact. Après avoir fait sauter une partie de ces vestiges, et dans une autre couche de charbon de bois étonnamment conservée, j'eus la surprise de découvrir une élégante coupe de terre cuite vernissée couleur ocre-rouge, en parfait état. C'était un *dépôt de fondation*.

Les vestiges de la digue me réservaient encore une surprise d'importance, qui forme une sorte de conclusion à la découverte de ce dispositif unique. En effet, j'entrepris de fouiller l'espace situé directement sous la couche de charbon de bois et, sous toute la longueur, je dégageai, en une ligne très régulière, des sortes de petits cailloux noirâtres très durs qui, après analyse, furent très facilement identifiés à des météorites, telles qu'on en trouve encore dans le désert environnant. Moussa, le paysan de Haute-Égypte extrêmement astucieux qui travaillait avec moi, ne me laissa pas un instant pour commenter cette découverte totalement inattendue. Il s'exclama joyeusement : « *khazan hadid* », ce qui se traduit en français par : « barrage de fer ». Cette expression vieille de plus de trois mille cinq cents ans, spontanément prononcée par Moussa, correspondait à l'appellation employée chez ses lointains ancêtres pour définir « Pharaon protecteur du pays » : *une digue*

(un rempart) *de fer du Ciel* (fer météorite) ou « *bia en Pet* ».

Les lointains ancêtres de Moussa avaient minutieusement protégé la digue contre la destruction, utilisant, suivant la coutume, l'art de construire et la magie opératoire.

Ainsi, sans connaître vraiment où mes recherches me conduiraient, j'allais d'hypothèses en hypothèses rapidement confirmées, en dégageant tout le système commandé par la Sainte Grotte : j'avais en grande partie tenté de comprendre et le fonctionnement du dispositif et la signification de l'ouvrage. Certainement, des rites y étaient célébrés pour le bon fonctionnement de l'arrivée de l'eau sainte de la Renaissance, qui devait être conservée dans le bassin supérieur, véritable utérus de la déesse Hathor.

Début du dégagement du mur de protection contre les eaux de la cascade, du fond de la Vallée des Reines

Fondations du mur édifié pour arrêter l'eau qui descendait de la grotte de la Vallée des Reines
Ce mur possédait des fondations assez profondes.
Sur la couche de sable se trouvaient des pierres, puis une couche importante de charbon de bois prophylactique.

Après la saison de fouilles, je rentrais à Paris au début du mois de novembre 1990. Le soir du 31 décembre un orage assez monstrueux se produisit dans la région de Thèbes, détruisant de nombreuses maisons de fellahs – construites en briques de terre crue et couvertes de *pisé**. Ce fut un grand drame dans toute l'aire de la Thèbes antique. Un de nos architectes, encore à Louxor à cette époque, eut l'idée d'aller voir, sur la rive gauche du

* Pisé : revêtement de mur fait avec la « boue » (les engrais), véhiculée par le Nil, surtout au moment de l'inondation.

Nil, le fond de la Vallée des Reines, pour constater l'état dans lequel la grotte se trouvait. Le spectacle était concluant : le bassin qui portait toutes les traces, en partie encore ocrées, des organes de la déesse, était rempli jusqu'au bord de l'« eau du ciel » sur laquelle se reflétait encore le ciel. Je reçus quelques jours plus tard à Paris de magnifiques diapositives en couleurs du bassin rempli, et qui firent ma joie : première confirmation du bien-fondé du raisonnement qui avait guidé mes recherches.

Mais je n'avais pas encore trouvé de preuves **écrites** pouvant confirmer mes interprétations, ce qui est essentiel pour une démonstration non discutable, en égyptologie comme dans tout domaine scientifique.

Il restait bien des points à préciser, à commencer par la nature même de la Vallée des Reines. Comment et pourquoi les vizirs et les architectes de Pharaon, pour y ensevelir les grandes épouses royales et les enfants royaux, principalement des XIXe et XXe dynasties ramessides, avaient-ils choisi cette vallée ? La roche était si friable qu'au cours du creusement de certains caveaux, ces derniers furent abandonnés avant même leur achèvement, les parois s'effondrant durant le travail. Cependant les ouvriers continuèrent l'aménagement de la nécropole. En revanche, aucune des parois des caveaux ne purent être ornées de bas-reliefs. Les murs rocheux une fois égalisés furent seulement *recouverts* d'une très solide couche de *stuc*, puis modelés suivant la forme des décors et, enfin, peints de couleurs vives. Quoiqu'il en soit, le site sacré *devait être aménagé*, tant son emplacement situé sous la protection de la grotte – ignorée jusqu'à ce jour – présentait d'importance.

En effet, j'ai pu constater que cette grotte avait servi à orienter l'immense temple jubilaire d'Aménophis III, sur la même rive gauche du Nil, mais à la limite des cultures et du désert. Il n'en demeure que des vestiges encore enfouis dans le sol, à part les deux colosses assis qui ornaient les deux pylônes de l'entrée : les colosses dits de *Memnon*. Des feux, des tremblements de terre avaient fissuré le grès du Gebel Ahmar dont il provenait, près du Caire. À l'aube, chaque jour, les éclatements moléculaires de la pierre rendaient un son analogue à celui d'une lyre : les voyageurs grecs prétendaient que c'était la voix de *Memnon*, fils de l'Aurore, mort devant la ville de Troie qui, au lever du jour, appelait sa mère.

Une visée, entre les deux immenses statues parallèles de vingt mètres de haut chacune, conduisait directement dans l'axe du bassin de la déesse !

Au cœur de l'hiver suivant, j'eus l'occasion de commenter lors d'une conférence en public au musée Guimet à Paris, cette étrange découverte. Rebondissement inattendu : mon excellent collègue Pascal Vernus, directeur d'études à l'École pratique des hautes études de la Sorbonne qui y assistait me téléphona, quelques jours après, une nouvelle surprenante : il revenait de Londres où, au British Museum, il était enfin arrivé à traduire correctement les inscriptions d'une stèle à la lecture si difficile qu'elle avait été reléguée dans les réserves du musée. Il comprenait maintenant que le contenu du texte faisait une allusion directe au phénomène que j'avais reconstitué au cours de mes fouilles. La stèle avait été dédiée par un artisan de l'antique village de Deir el-Médineh (*Ta Set-Maât*) un

Le bassin du fond de la Vallée des Reines rempli par une forte pluie d'orage.

Les vestiges du temple d'Aménophis III et les colosses qui en ornaient la façade. La grotte a servi d'orientation ou d'axe pour l'érection des colosses.

nommé *Kénher Khápshaf*, bien connu des artisans de la Vallée des Rois, et qui décrivait son pèlerinage complet dans l'aire de la Grotte sacrée !

Voici le texte de la stèle nº 278, signée d'un certain *Kénher Khôpshef*, beau-fils du scribe royal, du même nom (ancienne collection Belmore, British Museum) :

Ô Hathor, Je suis ton Serviteur (Bak), J'ai été mis au monde (initié) *dans ton parvis* (renaissance à une nouvelle vie), *l'aire d'accès près de Djeseret* (petite grotte de la Vache à Deir el-Bahari).
J'ai mangé les galettes de fête auprès des Grands Esprits (sorte de communion auprès des souverains morts). *Puis j'ai déambulé*

dans Ta Sèt Néferou (nom antique de la Vallée des Reines) *et j'ai passé la nuit dans ton parvis* (juste avant les sept marches d'accès au bassin ; c'est un des premiers exemples d'incubation que l'on verra apparaître exceptionnellement avant l'époque gréco-romaine).
Alors j'ai bu l'eau et j'ai brisé en morceaux [des récipients] *dans le parvis de la grotte (ménèt).*

Ainsi apparaît une allusion à l'eau sainte (conservée miraculeusement dans la roche désertique) qu'il fallait puiser et boire. C'est une allusion directe au rite du « **bris des vases rouges** », rite cité dans de nombreuses inscriptions.

Le texte enseigne, aussi, que le patient devait passer la nuit sur le parvis (*ouba*) de la grotte, sans doute pour des rêves prophétiques ?

Le texte se terminait par ces précisions :

J'ai immergé les roseaux et les lotus pour toi
dans le parvis de Ptah, j'ai passé la nuit à l'ombre de ta face.

Or, encore dans la Vallée des Reines (*Ta Sèt Néferou*), la partie de la montagne, à gauche, contient une petite grotte dédiée à Ptah. Le dévot lui avait réservé l'offrande de roseaux et de lotus. Pour cela, en arrivant dans ce site rocailleux et désertique, il lui avait fallu posséder un récipient plein d'eau pour maintenir les plantes en vie. On pense alors aux deux petites patères en bronze que possède le Metropolitan Museum de New York et le musée du Louvre, trouvées jadis dans la

La grotte de Ptah
Vallée des Reines à la sortie de la vallée.

cour de la tombe thébaine du vizir Rekhmara. Elles possèdent en leur centre la petite statuette en haut-relief de la vache Hathor. Un fragment de bas-relief, provenant de Deir el-Bahari (maintenant conservé au musée du Louvre), représente une coupe, contenant la statuette de la vache Hathor, soleil et plumes entre ses cornes, et déambulant *dans des fleurs de lotus* ! On ne pouvait rêver une meilleure représentation de l'offrande.

Cette image pourrait faire directement allusion à la Vallée des Reines, appelée dans l'Antiquité la « place des Lotus ». Il faudrait donc conclure à l'image même de la Vallée évoquée : les lotus sur lesquels renaît à l'aube le soleil en surgissant mystiquement. Hantés par la présence de la Vache, sein et nourrice céleste, c'est en ce site que les *Grands Esprits* auxquels l'inscription fait allusion allaient renaître à l'Éternité. Ces Grands Esprits, ce

Coupe du Metropolitan Museum de New York
La vache Hathor est entourée de lotus qui évoquent la Vallée des Reines appelée également la Vallée des Lotus.

sont les souverains morts qui, grâce à la bonne vache agissante de la grotte, pourront quitter les caveaux creusés dans la « Grande Prairie » (nom antique donné à la Vallée des Rois). Cette appellation s'explique fort bien lorsque l'on regarde l'image de la montagne thébaine d'où apparaît d'une façon inattendue la partie antérieure de la Vache, encore entourée des roseaux (papyrus) de cette « Grande Prairie ».

En un mot « la place des Lotus » permet l'arrivée des défunts souverains qui doivent accéder par la cascade de l'Eau du Ciel dans la grotte et renaître grâce aux lotus, fleurs de la Vie éternelle.

La coupe du Louvre contient la représentation de la vache Hathor
Ses cornes entourent le disque solaire.

Jarre à vin reconstituée trouvée par Christiane Desroches Noblecourt
dans la tombe de la reine Touy, mère de Ramsès II.
Sur le haut de la jarre on peut lire l'inscription relative
au vin qu'elle contenait : « Appellation contrôlée, an 22 de Ramsès ».

7

Le « mammisi » de Ramsès

Mammisi de Philae
Flanc occidental du mammisi (Maison des Naissances) dans le temple d'Isis. Île de Philae Époque gréco-romaine.

Le détail qui change tout !

Depuis les travaux de Jean-François Champollion, on sait que le Père de l'Égyptologie appela « mammisis » les petites chapelles de l'époque gréco-romaine construites dans le voisinage immédiat des imposants temples des temps gréco-romains en Égypte. Les plus fameux sont ceux d'Edfou, de Dendara et de Philae. Cependant on ne connaissait pas leur existence, comme tels, avant ces temps tardifs de la Basse Époque.

Ces mammisis avaient été conçus en l'honneur de la naissance du divin fils de la Grande Isis-Hathor et du Démiurge, lequel fils, interprété comme Horus fils d'Isis était confondu avec le Pharaon régnant.

Il y a encore une trentaine d'années, on ne connaissait aucun **mammisi** qui fut antérieur à la Basse Époque. Cependant la notion du *roi*, fils du dieu *et d'une mortelle*, était pourtant apparue dans les textes, dès la fin de l'Ancien Empire, à la Ve dynastie, ainsi que nous l'apprend le célèbre *papyrus Westcar*, où il est rapporté qu'un magicien faisait référence à la naissance, issue du soleil, des trois premiers rois de la Ve dynastie.

On ne retrouve qu'au début du Nouvel Empire l'extraordinaire représentation d'une naissance royale-divine, assortie de détails fort vivants et instructifs. Il s'agit d'une frise représentée sous la colonnade nord-est du temple édifié par la reine Hatshepsout à Deir el-Bahari (début de la XVIIIe dynastie). Elle illustre le déroulement de la *théogamie* au cours de laquelle le dieu dynastique, Amon, descendit sur terre pour féconder la reine Ahmès, épouse de Thoutmosis Ier, et lui donner ainsi l'héritier royal, non plus issu des amours de Rê, comme à la Ve dynastie, mais l'enfant d'Amon, qui devint la glorieuse reine Hatshepsout.

La tradition ainsi remarquablement fixée par l'image et les textes fut reprise ensuite par Aménophis III, et fut sculptée aux murs de son temple de Louxor. Le dieu fécondateur est, de nouveau, Amon, et la reine, future grand-mère du célèbre roi Akhénaton, est la princesse Moutemouia.

Plus aucun document n'avait été retrouvé relatif à la « naissance divine » du roi d'Égypte avant que les prêtres de l'époque grécoromaine ne paraissent réveiller la vieille tradition en faisant naître Pharaon non plus de l'Épouse Royale, mais de la déesse Isis (ou : Isis-Hathor).

Représentation d'une naissance divine

Dessins d'après les reliefs du temple de Deir el-Bahari.
Il n'y avait pas encore de bâtiment séparé pour ce que Champollion a appelé le « mammisi ». Tous ces bas-reliefs ont été martelés à l'époque d'Amenophis IV après la mort d'Hatshepsout. XVIIIe dynastie

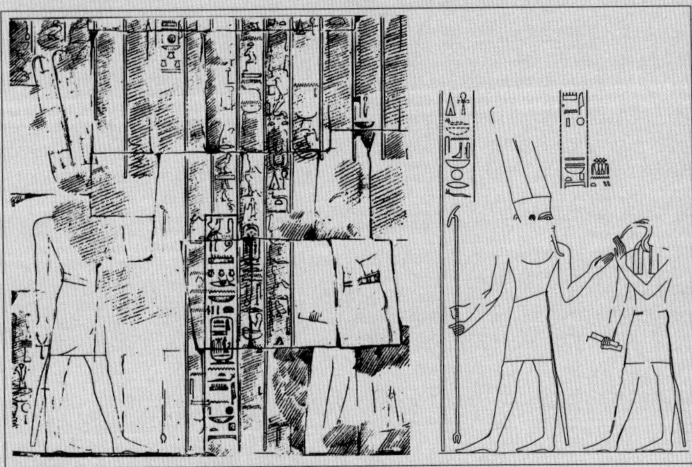

b

(a)- Thot et Amon se préparant à la grande cérémonie
(b)- Puis, sur une sorte de canapé, la reine et le dieu Amon assis face à face se tenant par une main, l'autre main libre du dieu présente au visage de la reine le signe de la vie.
Cette scène évoque le mariage, l'union divine.

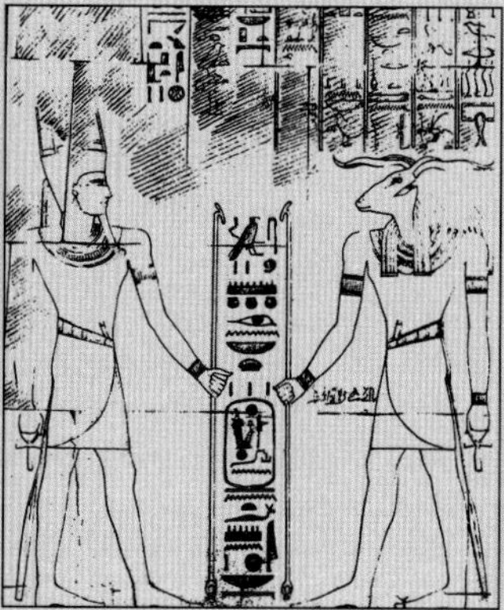

d

(c) – On voit ensuite apparaître le dieu Khnoum, patron du corps humain et des naissances. Potier divin, il reçoit un ordre du dieu Amon pour façonner l'enfant.

(d) – Amon est en train de bénir le modelage du futur nouveau-né et de son double qui sont façonnés devant lui par le génie des naissances Heket.

(e) – Le dieu Thot, messager des dieux, vient lui-même annoncer à la reine (au garde-à-vous) qu'elle va mettre au monde l'enfant du dieu.

(f) – Le dieu des naissances Khnoum et la déesse Heket, la grenouille des marécages, prennent chacun par la main la reine enceinte pour l'emmener dans la salle des naissances.

e

f

h

(g) – La reine est assise sur un trône, posé sur un double lit, derrière elle, on voit Heket et d'autres divinités féminines qui sont en train de s'occuper du nouveau-né que la reine tient dans ses bras. Assistée par la déesse Utérus et les formes divines protectrices, elle vient de mettre son enfant au monde.

(h) – Le nouveau-né est dans les mains du dieu Thot qui le présente à Amon pour que celui-ci s'assure qu'il est bien son héritier.
(Détails martelés intentionnellement.)

j

(i) – Amon tient sur ses genoux et embrasse le nouveau-né tout nu.

(j) – On voit sur la partie supérieure la reine qui vient d'accoucher, devant les deux déesses Hathor à tête de vache, nourricières du nouveau-né et de son double.
C'est pourquoi il y a deux lits superposés représentés.

(k) – Les formes divines présentent à des génies l'héritier royal et son double qui viennent de naître.

k

Il nous semblait néanmoins probable que ce rituel ait été suivi au moins durant toute la fin de l'époque ramesside (fin de la XXe dynastie) où Pharaon, toujours par son protocole, considéré comme fils de Rê, demeurait l'« aimé d'Amon ». Nous savons en tout état de cause que les mammisis reçurent la faveur des architectes et des prêtres de la Basse Époque et que la notion de Déesse-Mère et Protectrice était plus que jamais l'objet de la dévotion jusqu'à se substituer à toute autre forme divine. Elle fut reconnue comme ayant enfanté parallèlement l'enfant Horus et les derniers pharaons d'Égypte. Il convient de rappeler que le grand et très original mammisi de l'Île de Philae, contient, sur les murs de son étonnant complexe, les figurations du mythe puisées dans la symbolique la plus poétique, la plus rituelle et la plus ancienne.

Lorsque je pris en charge les nouvelles recherches à effectuer dans le magnifique temple jubilaire de Ramsès II, le Ramesseum, je me penchais à nouveau sur la topographie du site. L'université de Chicago, sous la magistrale impulsion du directeur de son Institut égyptologique, à l'époque le célèbre James Henry Breasted, y avait exécuté quelques recherches de contrôle ; alors que ce dernier préparait sa publication sur le gigantesque temple de Ramsès III, à Médinet Habou. Le but poursuivi par ce grand

Naissance d'Horus
Isis protège son enfant divin qui apparaît au son de la harpe, au Jour de l'an.
Relief, mammisi de Philae. Époque gréco-romaine.

savant était de rassembler tous les détails qui subsistaient encore concernant les dernières salles occidentales, assez détériorées, du temple de Ramsès III, pour les comparer à ceux que les vestiges conservés au Ramesseum pourraient lui fournir et dont on prétendait qu'ils en étaient les modèles. Dépassant l'aire du bâtiment proprement dit, Breasted dégagea de très superficiels vestiges accolés à la paroi nord de la salle hypostyle du Ramesseum : subsistaient quelques murs à peine saillants et des bases de colonnes, détails qui lui paraissaient insuffisants pour permettre une quelconque reconstitution au sol. Des sondages lui fournirent en sous-sol ce qui restait des « Dépôts de Fondation » parmi lesquels quelques scarabées-amulettes, au nom du roi

Le Ramesseum
Vue partielle du temple jubilaire de Ramsès II.

Ruines de Medinet Abou à Thèbes, sur les rives occidentales du Nil.
Gravure de Roberts

Vue prise du nord du Ramesseum
Au premier plan : les deux petites montées qui correspondent aux chemins menant, sur la terrasse à droite, aux ruines du Mammisi de Ramsès II aujourd'hui disparu.

Séthi Ier, père de Ramsès II. Il en conclut provisoirement que ce devait être la structure d'un bâtiment réservé au culte de Séthi Ier, sans doute érigé du temps de ce dernier.

Dès lors les manuels, et même les guides touristiques, consacrèrent quelques lignes à l'existence, au nord du Ramesseum, d'un petit temple de Séthi Ier !

L'existence peu logique d'un petit bâtiment dédié à Séthi Ier, si proche du temple du même souverain dans le site très voisin de *Gourna*, un peu plus au nord, me paraissait improbable, ni même vraisemblable. Je décidais donc de reprendre des recherches complémentaires en cet endroit abandonné.

Il fallait d'abord dégager la base orientale dudit « petit temple de Séthi », surélevée à la hauteur de sa voisine, la grande salle hypostyle du Ramesseum. Il me semblait, dans l'accumulation des gravats abandonnés devant ce mur, pouvoir repérer des traces de petits murs en pente qui, en réalité, après dégagement, se révélèrent être *deux rampes parallèles*, bordées de petits murs en « dos d'âne ».

Sur la rampe la plus méridionale apparurent les vestiges d'une inscription dédicatoire : « **... ce monument qu'il a consacré à sa mère...** »

Je devais, alors, me trouver devant un édifice dédié par Ramsès II à sa mère la reine *Touy* (ou : *Mout-Touy*).

Il me paraissait donc nécessaire de reprendre des investigations au résultat bien improbable concernant le sol surélevé du bâtiment, seulement ponctué de quelques bases de colonnes. Rien ne fut trouvé à l'emplacement de l'édifice, mais à la limite nord, émergeant du sol, un petit fragment de grès saillant, d'à peine cinq centimètres, attira mon attention. Je dégageai ce qui devait provenir d'un élément architectural en grès très fin et compact, analogue à celui des bases des colonnes. J'identifiai ce débris en grande partie fracassé : c'était un fragment de chapiteau

Bouchon d'un vase canope en albâtre
Il s'agit du portrait de la dame Touy la mère de Ramsès II.
Sur le front figurent les insignes de la reine ; yeux et sourcils qui étaient incrustés de pâte de lapis lazuli ont disparu.

Ci-dessous : **Le Ramesseum.**

Fragment d'un chapiteau hathorique
Au sommet est marqué le nom de la reine-mère (*Touy*). C'est grâce à ce morceau de pierre qui sortait du sol que Christiane Desroches Noblecourt a retrouvé tout le temple qui était enterré.
Ci-dessous : **dessins de ce même fragment et du chapiteau reconstitué.**

hathorique. Il subsistait seulement le haut d'une des volutes caractéristiques encadrant le sommet de la coiffure de la déesse et les restes d'un cartouche royal ayant contenu le nom de la « [Grande Épouse Royale] *Nofrétari, aimée de* (la déesse) *Mout* ». Je devais me trouver à l'emplacement, complètement disparu, d'un temple dédié par Ramsès à sa mère, donc à un personnage féminin, ainsi que la nature des chapiteaux hathoriques l'indiquait. Il paraissait aussi que Nofrétari avait dû y être accueillie et vénérée. Mais quel genre de monument allait être révélé par ces infimes *détails* ?

Je me souvenais alors d'importants blocs de grès sculptés réutilisés dans des murs postérieurs à l'époque ramesside, dont certains avaient été réemployés au moment de l'agrandissement du temple voisin de Thoutmosis III, à Médinet Habou. Ce dernier temple avait été agrandi au cours des époques saïte et ptolémaïque. En un mot, le temple, dont les rares vestiges allaient réapparaître, avait servi de

Superposition antique de fragments
Ils reconstituent, en partie, un chapiteau hathorique d'un pilier du mammisi de Ramsès II au Ramesseum, au nom de Touy mère de Ramsès II.

Cartouche royal
Il porte, entre autres, l'inscription : « La mère royale, Touy ».

Bloc réutilisé tardivement à Medinet Habou (près d'un plafond) et provenant du mammisi de Ramsès II : on reconnaît le dieu Amon et la déesse Hathor entourant le roi nouveau-né.

Page ci-contre en haut : **autres éléments d'architecture (ou blocs)** provenant du mammisi de Ramsès II et réutilisés postérieurement, à l'envers, mais pour un autre temple toujours à Medinet Habou. Figurant l'union entre le dieu et la reine.

chantier de construction pour des monuments d'époques plus tardives. Les faces des blocs réemployés avaient été remontées à l'envers et masquées par des plâtrages, puis postérieurement décorées de peintures.

Partie à la chasse des pierres de réemploi, je repérais à l'extérieur d'un des murs du temple remanié et agrandi un bas-relief, réutilisé à l'envers, montrant un grand fragment du vis-à-vis de la reine et d'Amon, bien reconnaissable pour être l'élément central de la théogamie.

Puis, sur le côté droit (nord) du temple apparaissaient des chapiteaux hathoriques également réutilisés. À l'intérieur d'une pièce, au sommet d'un mur, sous le plafond, apparaissait une scène extrêmement parlante où un nouveau-né était présenté par la déesse Hathor. Enfin, constituant une partie du plafond, des dalles entières réemployées portaient encore des écrits au nom de « *la Mère Royale, l'Épouse Royale, Touy* » ! J'avais rassemblé suffisamment de preuves archéologiques pour reconstituer, en ses grandes lignes, le bâtiment entier :

1°) une double rampe menait à la double porte de l'entrée surélevée de ce **mammisi**

Ci-dessous :
Dessin de l'inscription gravée sur le fragment d'une rampe d'escalier menant au mammisi qui nous apprend : « ceci a été fait en qualité de monument pour sa mère. »
Sud du Ramesseum

– Maison de la Naissance – puisque la scène de la rencontre d'Amon et de la reine suffisait pour interpréter la scène de l'union du dieu avec une mortelle. Amon était descendu de son ciel vers la couche royale terrestre pour féconder la reine *Touy* et créer, ainsi, le futur Ramsès. Puis, venait la présentation de l'enfant Ramsès, par Hathor, à son géniteur, Amon.

2°) Les chapiteaux ne pouvaient être affectés qu'à des personnalités féminines.

3°) J'avais également dégagé une double entrée, ce qu'on ne rencontre pas dans un temple dédié à une seule entité : le temple devait donc appartenir à un bâtiment dédié à deux personnalités. M'appuyant sur la première découverte du fragment de chapiteau hathorique dédié à *Nofrétari la Grande Épouse Royale de Ramsès II*, j'en déduisais qu'une salle était aussi réservée à cette Grande Épouse du Roi citée sur ce fragment de chapiteau hathorique.

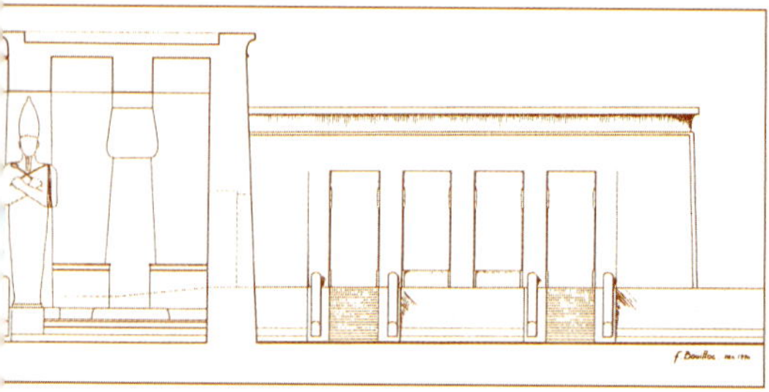

Élévation de la façade reconstituée du mammisi de Ramsès, jouxtant la façade du vestibule de l'hypostyle du grand temple du Ramesside.

4°) En étudiant les mesures des bases des colonnes subsistant dans ce que je considérais comme une salle centrale à colonnades, et en appliquant les principes du style égyptien (diamètre de la base des colonnes en rapport avec leur hauteur), je calculais avec mon architecte la hauteur de ces colonnes.

5°) Le sol des deux pièces arrière du bâtiment était couvert de petites dalles carrées. Les deux pièces étaient exactement situées

Double rampe qui mène aux ruines du mammisi de Ramsès II

dans l'axe de chacune des deux rampes d'accès et des portes d'entrée.

6°) Selon une loi très stricte de l'orientation, les locaux destinés aux personnes les plus âgées devaient être situés au sud, le nord étant réservé aux plus jeunes. Ainsi, la chapelle sud avait dû être réservée à Touy, celle du nord à Nofrétari. Au reste, c'est dans la zone nord que le fragment au nom de Nofrétari (vestige de chapiteau hathorique) fut trouvé.

7°) Enfin, pour terminer, il me restait encore à constater que, d'après le diamètre des bases des colonnes figurant dans les deux petites pièces arrière, leur hauteur devait être moins élevée que dans la salle centrale à colonnades, (ce qui tombe sous la sens !)

Je pouvais donc – ayant comme seul point de départ « *le détail* » : un bien petit fragment de chapiteau hathorique – reconstituer tout le **mammisi** de Ramsès II (sa Maison de Naissance), dédié à sa mère *Touy*, et aussi à sa Grande Épouse Royale, *Nofrétari*, mère des Princes héritiers du début du règne.

Ci-dessous : **deux plans reconstitués du mammisi de la reine Touy mère de Ramsès.**

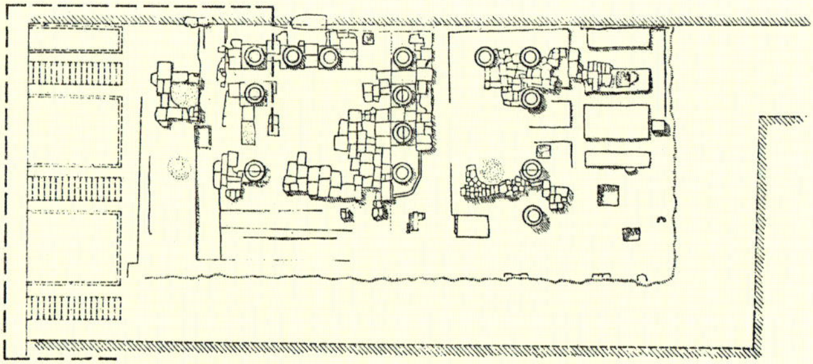

(fig. 48, p.76).

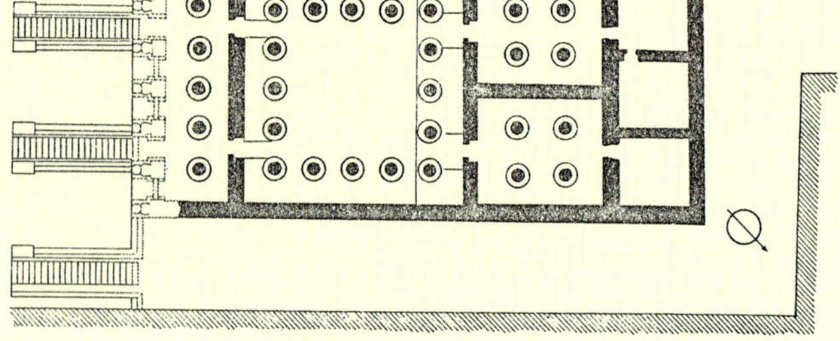

(fig. 49,p.76)

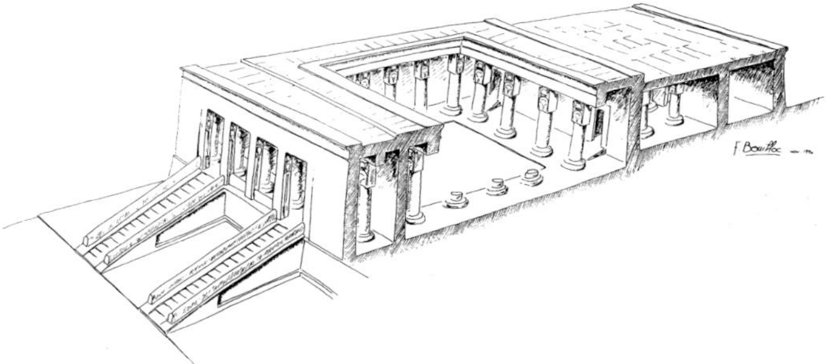

Reconstitution axonométrique du mammisi de Ramsès (et probablement de son épouse) dans l'enceinte du Ramesseum au nord du grand Temple

Le dessin est de l'architecte Franck Bouilloc.

La vigne du Seigneur

8
Le souhait de Mérérouka

Dès l'Ancien Empire, le décor des chapelles funéraires civiles égyptiennes – à commencer par celles de la nécropole de Sakkarah – constitue, on le sait, une source d'informations sur les occupations journalières et générales de l'Égyptien. Hauts fonctionnaires, propriétaires terriens ou petits bourgeois, les Égyptiens ont fait représenter sur les murs des « mastabas », qui dominent les caveaux funéraires, des scènes classiques en majorité agricoles, se répétant souvent, mais enrichies d'une variété de détails rompant la monotonie des tableaux. Quelques très grands seigneurs introduisirent même des détails exceptionnels dont deux exemples très originaux nous sont connus à ce jour.

Mérérouka grand seigneur de la Ve dynastie a voulu faire figurer, sur un des murs de son tombeau, le flux ininterrompu des offrandes qu'on doit lui faire dans l'autre monde.
Il est représenté, dessinant sur un papyrus posé sur un chevalet, trois personnages assis : un homme et deux femmes. Chacun d'entre eux porte un cartouche contenant quatre croissants : ce sont les trois saisons de quatre mois chacune.
Saqqarah, Ve dynastie

Le plus important est encore visible à Sakkarah dans la chapelle du Seigneur **Mérérouka** ; l'autre est un fragment de relief de la chapelle d'un certain **Khentika**, conservé au British Museum de Londres. Le tableau de Mérérouka constitue la seule surface décorée du couloir d'entrée de sa chapelle. Tourné en direction de ses visiteurs, Mérérouka est assis devant un chevalet à crémaillère supportant un tableau ; son fils avance vers lui, portant une palette de scribe. D'une main, dominant une petite sellette, Mérérouka tient une coquille dans laquelle sont disposées les pastilles d'encre sur lesquelles il puise grâce à un « calame » (roseau) et avec quoi il vient de dessiner une scène inattendue. Sur la surface du papyrus déroulé et supporté par le chevalet, Mérérouka a tracé les images de trois personnages assis regardant, comme le maître du tombeau, en direction de l'entrée de la chapelle.

C'est d'abord une femme à la longue perruque, présentant, devant elle, une sorte de cartouche contenant quatre signes en forme de croissant, utilisés pour écrire « *quatre mois* ». Le cartouche est surmonté par le mot *Akhèt* (saison), c'est-à-dire les mois où l'Égypte est recouverte par les eaux de l'Inondation du Nil. Les paysans ne sont plus affairés à travailler dans les champs, totalement immergés. Sous les mains de la femme, le signe *nèfer* indique que tout va bien, que tout est favorable, agréable, bénéfique.

L'image de la seconde femme est surmontée d'un groupement de signes : *Pérèt* définissant la seconde saison de quatre mois de l'année, celle où les eaux qui se sont retirées dégagent une terre humidifiée au maximum. Les paysans pourront la travailler avec la bêche et la charrue, la planter, la soigner jusqu'à la récolte.

Le signe *hétèp* inscrit sous le second cartouche indique l'apaisement, le repos et aussi la satisfaction donnée par le produit de ces cultures.

Nous arrivons à la figuration de l'homme à barbe divine, représenté dans une attitude identique à celle des femmes qui le précèdent. Sur sa tête le groupe *Shémou*, nom de la saison de la chaleur, se rapporte aux derniers jours de l'année où l'on termine les récoltes mais où cette chaleur commence à être étouffante.

On peut, dès l'abord, constater que les deux premières saisons sont des représentations féminines et que la troisième est évoquée par une image masculine qui, en dépit de sa minceur, pourrait représenter le génie de l'Inondation, **Hâpi**, généralement figuré avec un abdomen important.

Ce message illustré ne peut être une formule de « bienvenue » pour le visiteur qui vient prier pour Mérérouka, et ne peut correspondre non plus à une expression telle que « Bonne Année ». Dans une chapelle funéraire, tout doit concerner le bien-être du défunt et être utilisé au **bénéfice de son propriétaire**.

L'affichage de l'Année, montré dès les premiers pas du visiteur dans la chapelle, indiquerait, plutôt, l'expression d'un souhait exposé au bénéfice du défunt et qui sollicite l'attention des « vivants ».

Ce cycle complet que représente une année ferait-il allusion à « l'Éternel Retour » du propriétaire de la chapelle associé au renouvellement de la nature ? Sur les murs des chapelles, les occupations de la vie journa-

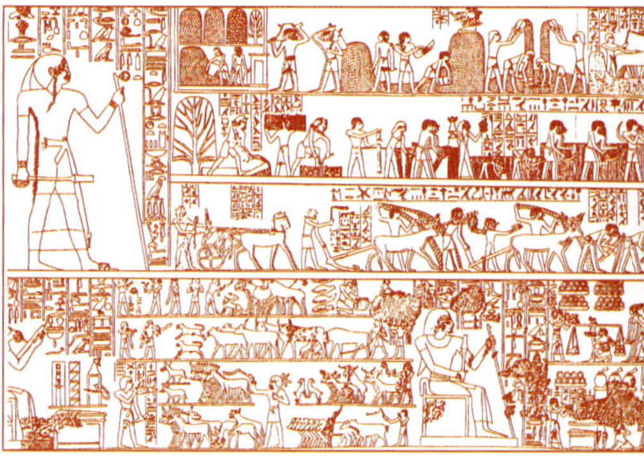

lière (assez anonymes) feraient-elles allusion à l'environnement ***post mortem*** du défunt ? Existe-t-il des chapelles funéraires où, pour plus de précision, un texte pourrait nous guider vers un rituel : le perpétuel rajeunissement du monde étant la garantie de la vie éternelle ?

Pour tenter de trouver un commentaire explicatif de ces scènes de chapelles qui n'ont jamais été réellement interprétées, il faut faire appel à l'époque où, dans l'histoire de l'Égypte, certaines précisions, certains commentaires accompagnaient ces représentations, la plupart du temps néanmoins dénuées de toute explication.

Au début du Nouvel Empire, à la naissance de la XVIIIe dynastie, l'Égypte se réveille après plus de deux siècles où elle fut occupée par les envahisseurs Hyksos. Il faut retrouver les vieux rituels disparus, aussi bien ceux qui régissent le culte journalier dans les temples que le message secret des décors funéraires.

Je me suis donc dirigée vers la nécropole d'el-Kàb, au sud de Thèbes, où le Seigneur, le « Pacha » de la ville voisine, Pahéri, haut

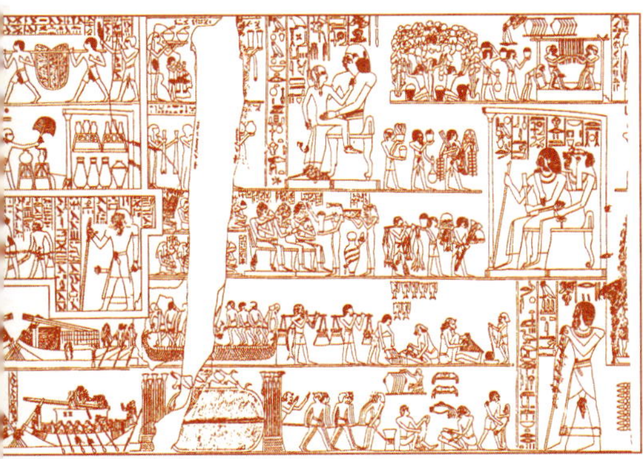

Au sud de Louxor à el-Kàb le seigneur Pahéri a fait représenter, dans sa chapelle funéraire, les trois saisons de son année éternelle de « survie ».
Pahéri (représenté page ci-contre à gauche) debout, canne et sceptre à la main, s'assure du bon déroulement des scènes agraires qui évoquent les saisons Pérèt et Shémou. Alors que la saison Akhèt sera représentée (à droite) par des scènes de cérémonies et de fêtes. Tombe de Pahéri, XVIIIe dynastie

Saison Pérèt
Ce sont les travaux des champs, les labours et les semailles. C'est la première saison de quatre mois juste après l'Inondation.
Tombeau de Pahéri (détail)

fonctionnaire et valeureux militaire au cours de la libération de son pays, vivait précisément à l'aube du Nouvel Empire. Le décor de sa chapelle funéraire est édifiant et nous révèle d'une manière exceptionnelle les détails qui nous manquaient. Puisant son efficacité dans la force des images, cet homme a pris la peine de nous rappeler, avec précision, dans sa chapelle funéraire, les noms des saisons majeures accompagnant les activités humaines qui s'y déroulaient.

Sur une paroi (ouest) de cette chapelle, on peut voir Pahéri, en majesté, assistant aux travaux des champs. Devant lui, une colonne de textes indique « **qu'il regarde** (l'évocation) **de la saison *Shémou*** (et celle de) **la saison**

***Pérèt*, et toutes les occupations dans les champs** ».

Devant Pahéri, sur trois registres, jusqu'au sommet du décor, on peut voir, le maître, canne et sceptre en main, les scènes agricoles se rapportant aux travaux qui suivent immédiatement le retrait des eaux de l'Inondation annuelle du Nil : la préparation de la terre, les semailles, puis aux registres supérieurs, la moisson (sans oublier les glaneuses !), l'arrachage du lin, sa mise en bottes, l'extraction des têtes de sa fleur bleue appelée « couleur du ciel ». L'évocation de ces occupations est complétée par le transport des épis, le dépiquage par les bovidés, le vannage, la mesure des grains au boisseau et l'emmagasinage.

Saison Shémou
C'est la moisson avec les glaneuses, l'arrachage du lin, le dépiquage par les bovidés et la mise en magasin des récoltes. C'est la seconde saison de quatre mois, celle de la chaleur (le terme hammam vient du mot Shémou).
Tombeau de Pahéri (détail)

La saison Akhèt arrive avec l'Inondation
Il faut faire provision de poissons et attraper les canards que l'on conservera dans des jarres après les avoir bien préparés.

C'est le moment de rentrer le bétail.
C'est un défilé d'animaux domestiques d'un réalisme caractéristique. On peut noter quelques saillies spectaculaires de taureaux, d'ânes et de béliers. Cette scène souligne la fertilité du troupeau du seigneur et donc sa richesse et son opulence éternelles. Tombeau de Pahéri (détail)

La saison ***Akhèt*** (Inondation), maintenant proche, incite les moissonneurs à constater que « **le soleil est chaud** » et à souhaiter qu'« **il fournisse des poissons en paiement du blé** ». L'Inondation livrera des poissons qui constitueront aussi une rétribution pour le travail des moissonneurs. Voici la réponse faite par l'intendant qui, tenant en main une branche, fait accélérer le travail des moissonneurs : « **Hâtez-vous ! Redoublez vos pas, l'eau arrive et va atteindre vos paniers.** » Ces scènes, quelle que soit l'époque, sont émaillées et animées des propos échangés entre les travailleurs.

La saison *Akhèt* (Inondation) arrive. L'activité aux champs se termine : le temps pour Pahéri de faire rentrer ses troupeaux ; on distingue même des groupes de porcs qui seront utilisés dans les champs, au moment des se-

mailles futures, pour enfoncer les graines dans la terre, en les piétinant.

Au sein de toutes ces scènes champêtres traditionnelles, se glisse parfois une allusion à la vie personnelle du propriétaire du caveau. C'est le cas pour Pahéri, gouverneur de la Province. Il prend livraison de la récolte de l'or des mines de Nubie – principalement celles du *Ouadi Allaki*. La pesée du précieux métal est surveillée par Pahéri lui-même, avant que le chargement soit à nouveau transbordé sur des bateaux en direction du Trésor royal. Ces détails fort intéressants donnent aux tableaux traditionnels une « touche personnelle » profane masquant souvent même la compréhension volontairement magique de l'ensemble du thème décoratif.

La saison de l'Inondation, *Akhèt*, est largement commentée (registre inférieur, à droite). L'Inondation, qui s'est répandue sur tout le territoire arable, permet la prise au filet des oiseaux des marécages qui seront préparés et mis en pots. Les poissons pêchés à la senne* seront également mis en conserve. Au registre médian, un autre tableau illustre cette période

Il faut penser aussi à l'or qui arrive de Nubie par bateau toute voile gonflée
Il sera réexpédié sous forme d'anneaux vers les magasins du Trésor royal. La pesée se fait à l'aide d'un poids généralement en forme de bovidé. Tombeau de Pahéri (détail)

* Filet de pêche que l'on traîne sur les fonds sableux.

Les travaux sont tout à fait terminés, on peut alors penser aux fêtes :
Pahéri et son épouse au cours d'un buffet familial à l'occasion du Jour de l'an.
Tombeau de Pahéri (détail)

Page suivante, en haut : **la fête de « l'Ivresse »**
Fête osirienne correspondant à la vendange et au retour de l'eau rougie par la terre. Le vin divin se mêle au sang du martyr Osiris pour fêter la résurrection – le renouveau. C'est la première fête de la saison Akhèt.
Tombeau de Pahéri (détail)

propice aux loisirs. Pahéri est représenté avec son épouse **Hénout-er-Néhèh**, au cours d'un banquet familial. Ses fils apportent les éléments de la « Grande Offrande » à l'occasion (probablement) du Jour de l'an. Le père, la mère et les frères de Pahéri assistent au banquet familial. Dominant le couple, sous l'abri végétal, à l'extrême droite, la vendange et le pressoir évoquent encore cette saison de l'Inondation. Cette dernière provoque l'ivresse qui célèbre le retour d'Osiris ; c'est encore une fois le moyen de faire allusion à la période intégrée dans le rythme du temps.

Enfin, une nouvelle allusion à la vie privée de Pahéri : on le voit, au registre supérieur, figuré dans son rôle de Précepteur royal. Assis, il tient sur ses genoux le jeune prince **Ouadjmès**. Le texte contenu dans les colonnes verticales qui lui font face nous dit : « **Il se réjouit de toutes choses, à passer du bon temps, à recevoir des présents et à prier** ***Nehebkaou*** » (c'est évidemment la période propice à la vénération de cette entité primordiale). À gauche, sur deux registres, des présents sont apportés par des membres de la

famille. Les deux lignes horizontales d'inscription figurant au-dessus des porteurs d'offrandes – bien que détériorées – nous permettent de découvrir deux instants essentiels de la saison *Akhèt* :

– au registre inférieur, il s'agit de l'apport des hommages « **... au matin du Jour de l'an** »,

– au registre supérieur « **... les enfants de ses enfants en font la présentation... au matin de (la fête) de Khoïakh.** »

Ci-dessous : **fin de Akhèt**
Dernière fête de la saison, Pahéri père nourricier du prince fils de Toutmosis Ier tient l'héritier royal sur ses genoux.
Tombeau de Pahéri (détail)

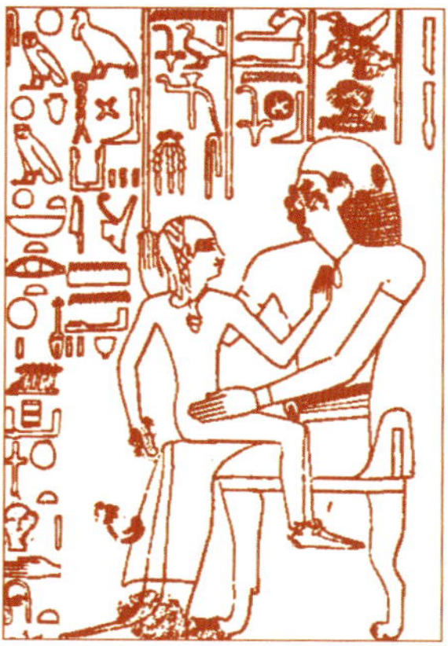

C'est donc cerner la saison *Akhèt* au moyen des cérémonies religieuses par lesquelles elle débutait et était clôturée.

L'étude de ces scènes nous indique qu'est illustré l'essentiel des activités humaines permettant d'assurer la subsistance journalière, et leurs répartitions au cours de l'année (les références propres au propriétaire de la tombe mises à part) et pour chacune des saisons. On comprend alors que les représentations ornant les murs des chapelles funéraires, à partir de l'Ancien Empire, **avaient pour objet de reconstituer l'année** ; c'est le déroulement de l'année classique et le parfait commentaire du calendrier.

Ainsi saisit-on mieux la raison d'être de tous ces thèmes portés sur les murs des chapelles tout au long de la civilisation égyptienne. Ce ne sont pas des thèmes poétiques pour évoquer uniquement la vie journalière reconstituée et idéalisée dans le paradis, ce n'est pas davantage la démonstration ostentatoire d'une opulence terrestre du propriétaire de la tombe, ainsi qu'on a pu le proposer. C'est bien plutôt le paysage symbolique évoquant le déroulement des trois saisons de l'année par lesquelles le défunt souhaitait passer afin d'acquérir le rythme agraire perpétuel des cycles. Les tableaux consistaient à en annoncer le programme et à en affirmer la pérennité.

Les fêtes du mois de Khoïak
Elles concluent la saison Akhèt, ici évocation des hommages
« au matin du Jour de l'An ».
« ... les enfants de ses enfants en font la présentation...
au matin de la fête de Khoïak ».
Tombeau de Pahéri (détail)

9

Le mystère du roi asexué

Aménophis IV

Les deux sanctuaires d'Abou Simbel avant leur sauvegarde (surélévation)

Tout a commencé parce que la *Nubie* égyptienne était sur le point d'être submergée par les eaux du futur grand barrage d'Assouan (le *Sadd el-Ali*).

Il avait fallu plus de quatre années de démarches et de luttes pour avertir et émouvoir le public quant au drame que les habitants de l'antique pays de *Ouaouat* (la Nubie égyptienne) et ses prestigieux monuments allaient vivre, en disparaissant complètement de la carte du monde, à cause de la construction d'un barrage à la hauteur de la deuxième cataracte du Nil.

L'essentiel était d'alerter sur la perte irréparable qui menaçait d'importants temples tels que les deux extraordinaires sanctuaires souterrains d'Abou Simbel.

Le gouvernement égyptien avait fait connaître son intention de témoigner sa reconnaissance aux nations désireuses de participer à la préservation des vingt-deux temples et chapelles menacés de disparaître dans les eaux du futur lac qui allait recouvrir la Nubie (ou Sadd el Aali).

Des listes de monuments pharaoniques de haute valeur furent alors dressées par la direction des Antiquités de l'Égypte. Elles étaient composées d'antiquités provenant des chantiers de fouilles officiels égyptiens et nubiens susceptibles d'être distribuées, en remerciement, aux nations ayant contribué au sauvetage de ces vénérables témoins. Un comité international fut alors créé sous l'égide de l'Unesco coopérant avec le gouvernement de l'Égypte, alors qu'une liste de petites chapelles nubiennes et de magnifiques statues et reliefs, destinés à ceux qui voudraient bien participer à cette aventure, fut simultanément établie.

Les travaux étaient déjà fort avancés lorsque certains pays contributeurs firent connaître leurs préférences : c'est ainsi que la *grotte*

À gauche : **construction de la grande voûte qui dominera le grand temple et son ancien emplacement** *Ci-dessous :* **installation d'une des statues du petit temple**

Ruines du kiosque nubien de Taffé sorti des eaux avant son remontage

Vue de la face méridionale du temple de Dendour quand les eaux du Nil le recouvrait, à l'époque de l'ancien barrage d'Assouan (avant 1964).

d'el-Lessiya fut attribuée à l'Italie (musée de Turin), la chapelle de *Debod*, à l'Espagne (Madrid), une chapelle de *Taffé* aux Pays-Bas (Leyde), la chapelle de *Dendour* aux États-Unis d'Amérique (New York). D'autres nations préférèrent s'enrichir d'un bas-relief ou d'une statue.

La France, qui s'illustra par une aide particulièrement active et importante sur tous les plans (financier, technique et scientifique),

reçut un monument qu'aucun autre musée ne peut s'enorgueillir de posséder : en effet, il provient du site historique et royal à l'est de Karnak et du premier temple, unique en son genre, qui y fut édifié par le jeune Aménophis IV au début de la corégence avec son père. Il s'agit de l'impressionnante et monumentale tête d'une statue qui ornait un des « piliers osiriaques » érigés à Karnak en l'honneur du Globe solaire, à l'est du temple d'Amon, par le jeune prince que certains ont improprement baptisé d'*hérétique* !

Depuis son arrivée à Paris, ce fameux « portrait » constitue le chef-d'œuvre le plus original, l'un des plus prestigieux, l'un des plus rares aussi, qui soit exposé au département égyptien du Louvre. Cette impressionnante sculpture constitue le témoignage des nouveaux ateliers inspirés directement par le souverain Aménophis IV (le futur Akhénaton) qui avait lui-même donné ses directives aux nouveaux ateliers artistiques dont le chef était un certain *Bak*, fils de *Mers*. L'œuvre fut accueillie par le Comité des conservateurs, puis par le Conseil supérieur des musées de France avec l'enthousiasme que l'on imagine. Elle provoqua l'admiration sans réserve du ministre de la Culture (alors André Malraux), et, sitôt exposée au département égyptien, elle devint, pour le grand public, la plus rare et majestueuse démonstration de l'art introspectif amarnien, à l'époque où il naissait à Thèbes même.

Mais il fallait désormais faire connaître au public ce monument, l'expliquer, reconstituer

Aménophis IV
Buste fragmentaire provenant d'un de ses premiers temples de Karnak et offert par le gouvernement égyptien au gouvernement français.
Musée du Louvre

son environnement et diffuser son message. Cette charge m'incombait : je me préparais à l'assumer avec joie, mais avec bien des craintes, car j'allais aborder un des problèmes les plus controversés de l'archéologie égyptienne concernant le début du règne du futur *Akhénaton* qui, avant de quitter Thèbes pour sa nouvelle capitale *Akhétaton* (l'Horizon d'Aton), avait décidé d'élever, à l'est du temple dynastique de Karnak, une série de sanctuaires exécutés dans un style complètement nouveau et dédiés à son dieu *unique*, Aton, le « Globe de l'œil solaire », à l'exclusion de toute autre forme divine.

Les fouilles exécutées sur les vestiges du plus grand de ces temples, le *Gem-Pa-Aton*, en ce site de Karnak, par les soins du Service des Antiquités de l'Égypte, firent apparaître, parmi les dépôts millénaires, des vestiges architecturaux de grès – dont quelques piliers cassés mais en partie conservés, et contre lesquels des statues très originales représentant le jeune corégent avaient été sculptées.

Deux des piliers osiriaques de la reine Hatshepsout
à Deir el-Bahari
XVIIe dynastie

En désordre, parmi les décombres, des fragments de ces statues furent exhumés : morceaux de visages, débris de corps de statues ayant orné les piliers carrés, éléments de coiffures monumentales, etc.

Ces piliers rappelaient les supports architecturaux classiques ornant les temples jubilaires royaux, depuis le Moyen Empire. Les égyptologues les appelèrent « piliers osiriaques » en raison de la statue du roi qui ornait une de leurs faces, tel Osiris debout et dressé dans sa gaine momiforme. Mais, par les détails, ces piliers différaient des statues royales ornementales. En effet, certaines d'entre elles évoquaient le souverain, torse nu, habillé du magnifique pagne plissé, alors que d'autres – l'une d'elles est parfaitement conservée – montraient Aménophis IV *totalement nu*, et surtout *sans aucune trace de son sexe*. On connaît bien la statue d'un roi nu, le roi *Hor* du Moyen Empire (statue en bois conservée au musée du Caire). Dans ce cas, il s'agit du *ka* du roi dénudé, mais intact, et dans l'attitude de la marche. Sur sa tête, le signe du *ka*, les deux bras levés indiquent son état de manifestation du « double » (créateur) du souverain, *post mortem*.

Quelques commentaires furent naturellement émis sur cette étonnante particularité de la statue sans sexe du roi Aménophis IV, mais la polémique n'a pas duré et le sujet – cependant d'importance – tomba rapidement dans l'oubli. Il y avait cependant beaucoup à en dire ! Une première enquête sur cet étrange corps royal privé de son sexe avait incité certains à proposer l'identification du sujet, représenté par la statue, avec l'image de la reine Néfertiti, Grande Épouse Royale d'Aménophis IV. Sa robe aurait été peinte sur le grès. Cependant aucune trace de polychromie ne fut décelée sur la pierre. De surcroît, bien que ses formes soient par endroits démesurément

Fragments de piliers osiriaques du temple de Karnak
À gauche, Aménophis IV est représenté habillé d'un magnifique pagne.

À droite, le roi est nu et sans sexe.
On retrouve gravé sur son corps les mêmes cartouches que sur sa représentation de roi vêtu (vivant).
Il évoque la lointaine image d'Osiris blessé par le génie du mal Seth, et donc la léthargie de la mort.
Musée du Caire

soulignées, rien ne semblait déceler des détails permettant d'attribuer à la sculpture des formes féminines.

On avait aussi proposé de reconnaître dans l'œuvre une statue d'hermaphrodite ! Que je sache un hermaphrodite porte la marque des deux sexes ! Un impossible commentaire fut aussi tenté par un de nos collègues britanniques ayant travaillé avec un éminent docteur en médecine : il nous fit savoir que Pharaon avait tout simplement été victime du syndrome de Frölish ! Cela se traduisait par le gonflement monstrueux de l'abdomen et des cuisses jusqu'à en arriver à masquer complètement les organes génitaux… et engendrer une complète stérilité ! Naturellement cette dernière suggestion ne fut pas retenue, d'autant que l'époque où le roi fut ainsi portraituré dans ce style si caractéristique du début de son règne – la corégence avec son père – était la période où il devint père de six filles !

Enfin, le problème sembla, très tôt, ne plus avoir taquiné les égyptologues…

Fragment de statue en grès rouge représentant le corps de la reine Néfertiti habillée de la tunique et du châle plissés à la mode à l'époque amarnienne.
Musée du Louvre

Deux statues provenant de ces piliers osiriaques sont exposées dans la salle amarnienne du rez-de-chaussée du musée du Caire. L'une représente le roi dans toute sa majesté solaire, torse nu et vêtu du pagne plissé ; l'autre, image énigmatique, est celle d'un homme nu, aux membres inférieurs exagérément gonflés et visiblement privé de son membre viril.

Afin de tenter l'identification du sujet, je me suis penchée, dans les « réserves » du temple de Karnak, sur tous les vestiges provenant du temple Est. J'en conclus, m'appuyant sur l'étude des coiffures, que les effigies du roi, dans l'attitude osiriaque, portant torse nu mais pagne, étaient coiffées de couronnes solaires (aux cornes horizontales et hautes plumes) et que le second type évoquant le roi nu et asexué était généralement coiffé des couronnes blanche et rouge (le *pschent*).

Or, le buste qui fut accordé par le « Gouvernement de la République d'Égypte » au « Gouvernement de la République française » appartenait à ce dernier type (les « raccords » exécutés entre les cassures présentées par le buste du Louvre et certains fragments demeurés sur place à Karnak étaient édifiants).

Le roi Aménophis IV vêtu du pagne plissé
Il porte un cache-perruque surmonté de la double couronne et, gravé sur le corps, le double cartouche divin dédié au soleil Aton. À l'origine, il tenait dans chacune de ses mains le crochet du Sud (ici cassé) et le fléau du Nord. Il évoque le soleil dans son action créatrice.
Musée du Caire

Revenons, tout d'abord, au monument d'où provenaient ces statues baptisées par certains égyptologues d'« **osiriaques** », ce qui pouvait révéler une contradiction évidente, puisque, d'après la théorie généralement admise, ce temple dédié par le jeune Aménophis IV, situé à l'est de Karnak, était voué à *Aton* qui supplanta toutes les formes divines, *ayant rejeté* en application du nouveau dogme *tout ce qui pouvait rappeler le culte osirien* ! Or ces statues figurent Osiris momiforme. Plus grave encore : on prétendait qu'Aménophis IV devenu *Akhénaton* avait, dans sa nouvelle capitale, rejeté Osiris et son mythe. Cependant, nous avons la preuve archéologique indéniable que les rites funéraires osiriens – sans doute remis au goût du jour – furent observés au moment du trépas du souverain : momification, vases canopes, sarcophages anthropoïdes, etc. Pour preuve évidente, soulignons la persistance de la présence des *chaouabtis*, petites statuettes funéraires évoquant le défunt en momie : une momie visiblement osirienne, à l'image du défunt ayant bénéficié des rites funéraires classiques. La différence est dans l'inscription recouvrant le corps des *chaouabtis*. Plutôt que d'évoquer le « travail matériel » demandé au désincarné, travail qui lui sera nécessaire pour assurer sa survie, cette inscription évoque, sous Aménophis IV, les *souffles* indispensables pour renaître à l'Éternité. *Il n'y a pas abandon* total d'un rituel, *mais nouveau moyen d'expression*.

Revenons au sujet principal : la statue masculine privée de son sexe. Comment donc ne pas continuer à faire appel au mythe osirien ? Osiris, héros essentiel de la lutte du Bien contre le Mal ! Ayant à deux reprises échappé aux attaques du Malin (personnifié par son frère Seth), Osiris perdit cependant sa qualité de force dynamique parmi les vivants, après que son corps, coupé en morceaux et jeté dans le Nil, eut subi les attaques du *mormyre*, le poisson oxyrhynque qui avala son phallus.

Désormais, affecté au monde intermédiaire entre la vie et l'Éternité, Osiris dut résider parmi les désincarnés dont il avait la charge de régler la survie. Cependant, sa lutte fratricide se soldait par la perte de sa virilité qu'Isis eut à charge de faire réapparaître bien provisoirement pour qu'il la féconde miraculeusement… *post mortem*.

Dans leurs grandes lignes, les statues des « piliers osiriaques » du temple d'Aton à l'est de Karnak, plutôt que d'occulter le mythe osirien, le démontrent en traduisant chacune, tour à tour, la force rayonnante du Créateur et la notion statique de la léthargie, à savoir : Rê et Osiris, le Jour et la Nuit.

Loin de rejeter Osiris, Aménophis IV, dès le début de son règne, voulut donc lancer son

Éveil d'Osiris par Isis, sous forme d'oiselle, lui ayant rendu momentanément sa virilité pour qu'il puisse la féconder.
Époque gréco-romaine

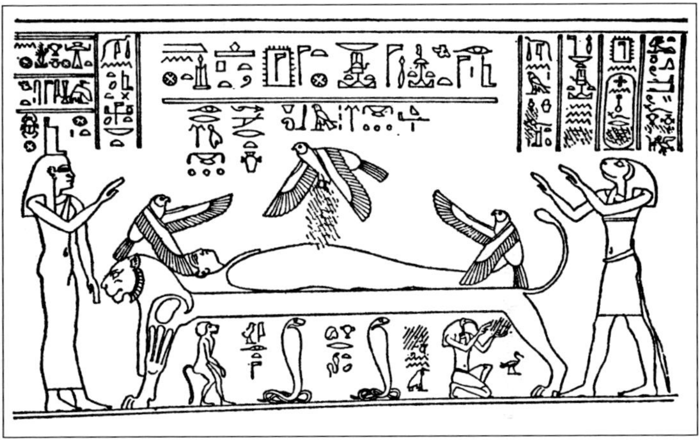

message, souligner, non une rupture avec les rites ancestraux auxquels l'Égypte était restée fidèle, mais les commenter afin d'en faire évoluer la compréhension qu'il désirait prêcher et rapprocher de l'entendement populaire.

Cet admirable et surprenant visage d'Aménophis IV, provenant de son premier temple solaire, traduit aussi le premier message du roi réformateur, mais *ni hérétique ni schismatique*. En contradiction, une fois de plus, avec une idée répétée à satiété : il témoigne de l'évident souci royal de commenter l'action souterraine et complémentaire d'Osiris, sans la rejeter et, parallèlement, il enrichit de puissants symboles l'œuvre créatrice du soleil. C'était une manière évidente et renouvelée de traduire la notion d'Éternité.

Bloc provenant d'un temple érigé par Aménophis IV dans sa nouvelle ville d'Akhétaton
Le roi Akhénaton, représenté exagérément grand, porte la couronne blanche de Haute-Égypte et fait offrande au globe solaire de deux récipients contenant sans doute le vin traditionnel. Puis vient Néfertiti figurée exceptionnellement plus petite que le roi. Début de l'époque amarnienne

Pupille de l'œil du bouc de Mendès

10

La pupille de l'œil

Portrait de Nofrétari
Anubis sous ses traits les plus classiques de chien noir accueille la reine Nofrétari dans sa tombe.
En général les femmes sont représentées avec une peau claire, mais ici elle a, de façon inexpliquée, une carnation foncée.

L'analyse et la compréhension de la plus belle sépulture de la Vallée des Reines (à l'ouest de Thèbes), celle de Nofrétari la Grande Épouse Royale de Ramsès II, sont particulièrement facilitées par l'enchaînement logique des peintures qui la décorent.

Ainsi, le visiteur est-il guidé vers l'escalier qui – après l'entrée – l'introduit en sous-sol, vers la grande salle du caveau aux quatre majestueux piliers qui devaient entourer la momie, ses différentes enveloppes et son « trésor ». En remontant l'escalier orné, à sa base, de deux images du chien noir d'Anubis orientées vers le sommet de l'escalier, le visiteur arrive, non loin de la sortie, sur le palier qui, à gauche, l'introduit dans une salle rectangulaire. Ses murs sont décorés de scènes variées au symbolisme évocateur.

On remarque tout d'abord *Atoum* et *Osiris* assis côte à côte (mais figurés ici dos à dos, pour suivre la loi du dessin égyptien). On peut admirer ensuite l'offrande des tissus faite par la reine à *Ptah*, l'hommage, toujours par la reine, de la palette de scribe et de la grenouille de la renaissance pour *Thot* ; la scène des Sept

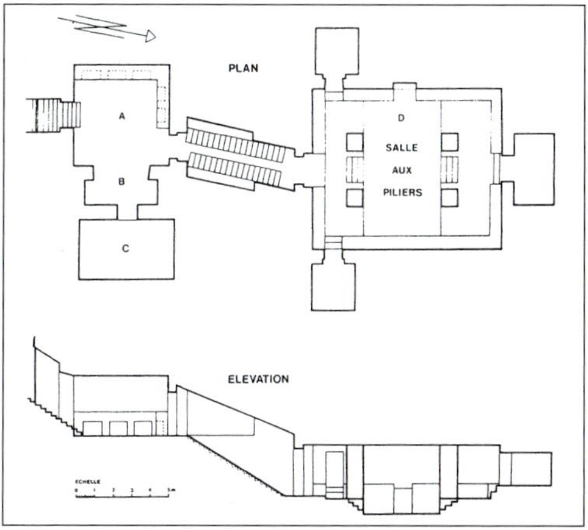

Ci-contre :
plan et coupe du caveau funéraire de la reine Nofrétari

Ci-dessous :
salle du sarcophage à quatre piliers de la tombe de Nofrétari.
Vallée des Reines

Caveau de Nofrétari
Image de la reine debout dans son costume à ceinture rouge et coiffée de hautes plumes. Elle est pieds nus (sans ses sandales blanches) car elle se trouve dans un lieu sacré. La grenouille du calendrier et la palette du scribe sont posées sur un vase en forme de godet pour être présentées au dieu Thot à tête d'ibis.

Page suivante : **l'image du soleil représenté sous la forme d'une momie à tête de bélier coiffé du disque solaire** indique la transformation d'Osiris qui se reposait, et qui va réapparaître en Rê. De chaque côté les déesses Isis et Nephthys saluent son apparition.

Vaches grasses de l'Inondation, escortées du taureau fécondateur, etc. Il se trouve toutefois une composition très mystérieuse, bien que commentée par un court texte, formant le tableau le plus énigmatique de tout le décor de la salle. Il s'agit de l'image d'une momie dressée (certainement celle de la reine), munie d'une tête verte de bélier dominée par le globe rouge du soleil, et encadrée par les deux déesses protectrices : Isis et Nephthys. Flanquant les jambes de la momie, deux petites inscriptions nous enseignent qu'« **Osiris se repose en tant que Rê. C'est Rê qui se repose en tant qu'Osiris** ».

Ces textes constituent le commentaire d'un phénomène cosmique où la défunte est assimilée au soleil et à ses avatars, avant sa réapparition à l'horizon. Mais pourquoi a-t-on donné à la momie de la reine une tête verte de bélier ? On comprend bien qu'il s'agit de la mutation de la défunte au cours de ses transformations, avant qu'elle n'arrive à l'état de globe rayonnant.

Les vaches grasses
Sur un des longs murs du caveau de Nofrétari (le premier à droite en entrant) sont représentées les sept vaches sacrées évoquant les sept années de bonne Inondation, accompagnées du taureau fécondateur du troupeau.

La reine jouant au sénet avec un adversaire invisible, ce qui indiquerait que ce dernier ne doit pas être le vainqueur.

Ci-contre : **la Déesse Hathor protégeant Nofrétari**

Cependant, à quel moment de son parcours chthonien ce phénomène prend-il place, et quelle est la signification de la tête du bélier ?

Tenant compte du fait que le tableau est situé dans la salle la plus proche de la sortie, on doit en déduire que le chemin vers la renaissance est proche. L'image devrait faire appel à l'essentielle et dernière mutation de la défunte. Cette scène symbolique contiendrait-elle alors un élément que j'aurais, que nous aurions tous, négligé et qui devrait nous placer devant l'évidence ?

Figuration de la momie de la reine dotée d'une tête de bélier portant entre ses cornes le Soleil. À noter : la pupille de l'œil est figurée par un trait horizontal, c'est la forme typique de la pupille de l'œil du bouc de Mendès (détail de l'illustration page 186). Sépulture de Nofrétari, Vallée des Reines, Thèbes

Regardant l'image plus intensément, je découvris le *détail* que je n'avais jamais remarqué auparavant, alors qu'à chacune de mes visites à cet incomparable caveau j'étais passée plus de cinquante fois devant ce décor. **La pupille de l'œil animal, au lieu d'avoir été marquée d'un cercle noir, avait été indiquée par une petite barre noire horizontale**. Après enquête auprès de vétérinaires égyptiens, j'appris que le détail caractéristique de la pupille d'un bélier (ou d'un bouc) du pays était précisément cette forme horizontale. J'enregistrai ces précieuses précisions mais ne pus trouver les commentaires satisfaisants pour la compréhension de la figure. J'abandonnais alors les recherches qui demeuraient désespérément stériles.

Bien plus tard, m'efforçant d'identifier quel concept général évoquait réellement le personnage symbolique représenté par le chien noir Anubis, j'arrivais à la conclusion suivante : à l'époque classique, il apparaît comme un génie funéraire mais *non chargé* de participer à la momification d'un défunt, comme on l'affirmait couramment. Il n'était pas davantage, à proprement parler, son guide dans l'Au-delà, ainsi qu'on a pu le croire. C'était, en réalité, l'image même du défunt dans son cheminement *post mortem*. Ainsi, la magnifique statue en bois peint en noir d'Anubis, trouvée dans le caveau de Toutankhamon, portant cravate et vêtue d'un châle, était un des avatars du roi lui-même. J'en tenais d'autres exemples, à commencer par ceux qui figuraient dans certains caveaux de la Vallée des Reines.

Les deux images d'Anubis, peintes sur deux murs parallèles dans la tombe anonyme n° 40 de la Vallée, figurent donc la reine en mutation. La base des deux murs de l'escalier du caveau de Nofrétari offre la même similitude. D'autres exemples peuvent encore être cités, le plus indiscutable se trouvant dans la tombe de la Grande Épouse Royale Bentanat (Vallée des Reines n° 71). Au mur de la première salle latérale gauche du caveau apparaît une magnifique représentation du chien d'Anubis sur

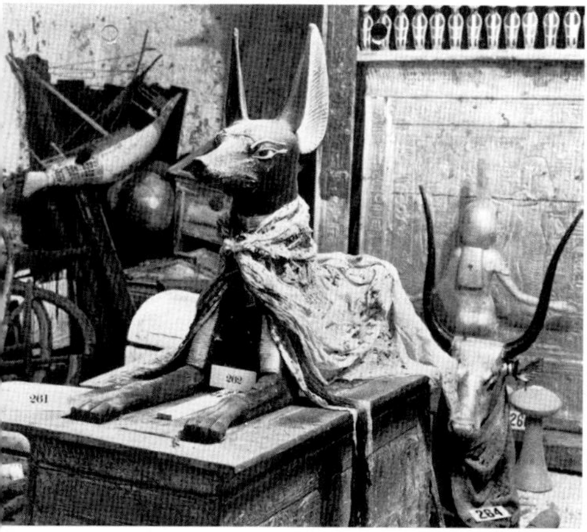

Anubis
Statue du chien noir recouverte d'un châle de lin blanc.
Trésor de Toutankhamon,
XVIIIe dynastie.
Musée du Caire.

son socle en forme d'édifice : il s'agit bien effectivement de l'évocation de la reine elle-même, puisque devant elle le prêtre accomplit le « rite de l'Ouverture de la bouche et des yeux » : nouvelle étape dans le cheminement de ma recherche, car, jusqu'à présent, je ne connaissais pas un autre exemple de ce rituel exécuté pour une forme animale. J'avais définitivement la preuve que le chien noir représente le trépassé en transformation et qu'il pouvait être bénéficiaire des rites funéraires.

J'allais maintenant, m'appuyant sur cet exemple, étudier les formes divines représentées sur les murs du caveau, espérant retrouver, à nouveau, le chien d'Anubis et ses diverses représentations : surprise ! dans leur défilé, mon attention fut rapidement attirée par un *génie* à tête de bélier (ou de bouc), mais surmonté de l'inscription : *Anubis*. Ainsi, à un moment déterminé de son aventure chthonienne, Anubis pouvait être doté d'une tête

de bélier (ou de bouc), aussi bien dans une tombe royale que dans un caveau civil (comme on en trouve un exemple dans la tombe n° 333 de la nécropole de Deir el-Médineh).

J'étais donc arrivée à cette conclusion : le défunt sous forme du chien noir Anubis pouvait, à un moment donné, être évoqué par un génie à tête de bélier (ou de bouc).

Il n'est pas question, ici, dans l'iconographie funéraire, de faire allusion au bélier d'Amon, aux cornes « bouclées », souvent placées derrière les oreilles animales, ni d'évoquer le bélier de Khnoum au jeu de cornes ondulées et horizontales. On peut cependant s'approcher de la solution que présente ce problème en se référant au chapitre XVII du Livre des Morts où il est dit que les « deux âmes », celles d'Osiris et de Rê, se rencontrent :

« Je suis celui dont les deux âmes
résident dans ces deux **oisillons**

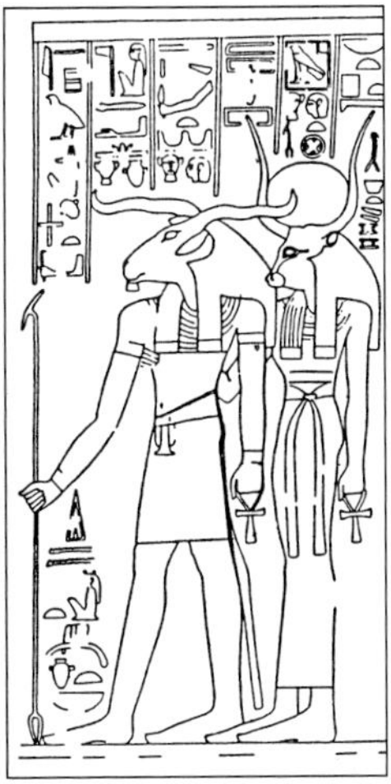

La reine en transformation vers sa renaissance
Elle est représentée (ainsi que l'inscription nous l'apprend) sous forme du chien noir Anubis portant la double cravate.
En face du chien noir, le fils royal affublé de la mèche bouclée et de la peau de félin rappelle son rôle de prêtre funéraire (qu'il joue ici).
Devant l'image de la reine en transformation, il va procéder avec les instruments qui le précèdent, au rite de l'Ouverture de la bouche et des yeux.
Dans la même tombe, une inscription précise que les deux personnages (ci-contre) sont Anubis exceptionnellement à tête de bélier et Hathor à tête de vache.
Vallée des Reines, tombe n° 71 de la reine Bentanat

C'est l'âme de **Rê**,
C'est l'âme d'**Osiris** ;
C'est l'âme de celui qui est **Shou**
C'est l'âme de celle qui est **Tefnout**
C'est celui aux deux âmes
de ceux qui sont à Mendès. »

Effectivement, **le bouc vénéré à Mendès** (situé à l'est du delta) matérialise, par son comportement, **ce souffle dont Osiris, dans ses mutations, s'empare** ; souffle interprété comme étant le *Vent* présenté au nez d'Osiris, pour qu'il réapparaisse à l'aube dans le globe solaire (et dont le nom est *Shou*).

On sait qu'entre l'ensevelissement et la résurrection, le défunt doit retrouver les quatre éléments jumelés avec les quatre points cardinaux.

La momie enterrée dans la nécropole de l'*ouest* est d'abord située dans l'élément *Terre*. Les transformations l'entraînent au *nord* où elle traverse l'élément *eau*, rappelant l'océan primordial, sans lumière solaire. Passée à l'*est*, à *Mendès*, on l'imagine empruntant l'image du bélier dont elle recevra les souffles, l'*air* : là où se manifeste l'union d'Osiris et de Rê. Il prend possession de ses « deux âmes » confondues avec *Shou* et *Tefnout* associés à la notion de l'air qui, dans le futur zodiaque, seront représentés par les *Gémeaux*. Ainsi à *Mendès* le défunt, pour répondre à la « multiplicité des approches », peut être évoqué par un génie à tête de bélier, de préférence à son aspect usuel de chien noir (celui d'Anubis !)

Enfin, au terme de son cheminement, le désincarné apparaît au *sud* dans la *chaleur solaire*.

Les quatre points du périple du défunt, depuis la mort jusqu'à la survie, sont évoqués par une scène sur un des murs du caveau funéraire thébain de Sénnéfer dont il a déjà été question.

Pour nous résumer, après avoir « démêlé » le très mystique cheminement du défunt, l'image du chien noir évoque, pour la majorité des Égyptiens, la projection du sujet durant son passage vers l'éternité. Cependant, dans le langage des prêtres ritualistes les plus savants, le moment critique, où la dernière étape de la transformation est sur le point de se réaliser, sera rappelé par la tête du bélier de Mendès, maître des souffles, la pupille de l'œil marquée d'un trait noir, horizontal.

La reine Nofrétari sous l'apparence d'Anubis

11

Ramsès II, le seigneur de la communication

Un talentueux précurseur de la publicité

-1290 / -1224

Le temple de Memphis recèle les vestiges de statues colossales du règne de Ramsès II. Ce profil du roi, en albâtre, est intact malgré la chute de la statue que Ramsès avait fait ériger dans un de ces temples encore en place au sol sous la palmeraie de Mit Ra Hineh.

L'entrée de la « cachette royale » au pied de la Cime thébaine.
Cette cachette aménagée à la fin du Nouvel Empire par les prêtres d'Amon avait servi à « cacher » les momies royales qui provenaient des syringes thébaines pillées dans l'Antiquité. À l'origine ce caveau était celui de la reine Inhápi.

Les apparences

Depuis que la « **Cachette des momies royales** » avait été découverte, face à Thèbes, le plus célèbre Pharaon, Ramsès II, dont elle contenait la dépouille, ne cessa de susciter des interrogations. La longueur inusitée du règne royal : 67 années jalonnées de prodiges dont la « miraculeuse » victoire de *Kadesh*, l'élaboration du premier traité de paix de l'Histoire, la *célèbre et prolifique famille* du souverain et sa réputation hors des frontières ; enfin le récent voyage aérien de sa momie vers Paris ; tout paraissait surhumain. De surcroît, on tentait d'imaginer naturellement quel avait pu être le trésor déposé près de la momie du roi afin de faciliter son voyage vers l'éternité. Tout ce qui avait touché le souverain devait être sans égal !

Hélas ! comme la quasi-totalité des sépultures royales, le caveau de Ramsès le deuxième dans la Vallée des Rois, (« la Grande Prairie » ainsi qu'on la nommait jadis,) avait été pillé dans l'antiquité même, et principalement au cours des graves périodes de troubles traversées par l'Égypte, à la fin du Nouvel Empire. Dès cette époque, seules restaient dans les *syringes* royales les momies souvent même dépouillées de leurs bandelettes de lin.

Après les premiers pillages, les Prêtres d'Amon rassemblèrent dans la tombe de Séthi Ier, père de Ramsès II, les momies de leurs souverains. Cependant, ces momies demeuraient encore très vulnérables. Aussi, les Rois-Prêtres de la XXIe dynastie les firent-ils transporter au-delà de la chaîne montagneuse de la Vallée des Rois, au sud de Deir el-Bahari, pour les cacher dans le caveau souterrain de la reine *Inhápi*, ainsi transformée en une « caverne d'Ali Baba » !

Un peu plus de 3 000 années après ces événements, entre 1871 et 1874 de notre ère, deux inspecteurs du Service des Antiquités de l'Égypte, H. Brugsch et Ahmed bay Kamal, finirent par mettre au jour cette « cachette » depuis peu « visitée » par d'astucieux *fellahs* qui venaient y puiser les richesses comme dans une banque !

Le chemin qui mène à la cachette royale, au pied de la Cime thébaine en forme de pyramide naturelle.

Le directeur général des Antiquités de l'Égypte, à l'époque Gaston Maspero, fit alors transporter au Caire tous les éléments de ce *Campo Sancto* incroyable, lesquels, après plusieurs aventures, aboutirent au musée des Antiquités. À leur départ de Thèbes, sur les bords du Nil, les momies royales avaient été saluées par les paysans des deux rives du fleuve, renouvelant les gestes des antiques pleureurs, afin d'accompagner les Pharaons jusqu'au musée du Caire où elles furent définitivement conservées.

Momie du pharaon Ramsès II dans son cercueil.

La momie de Ramsès ne manqua pas d'attirer l'attention du public : Pierre Loti fut un des premiers touristes à venir saluer Pharaon. Mais, à l'aube d'un certain jour, un surveillant, venant prendre sa garde matinale dans la salle des momies royales, s'aperçut que, durant la nuit, Ramsès avait levé son bras gauche, désorganisant ainsi l'harmonie du gisant qu'il évoquait… et déroutant profondément le personnel du musée.

Quel message Ramsès voulait-il faire passer ? se demandait-on. Comment interpréter ce geste pour le moins inattendu ? Dès lors un mystère planait sur ce phénomène. Les gardiens effrayés n'osaient plus pénétrer dans la salle où gisait le Pharaon. Les « âmes » sensibles et imaginatives évoquaient la momie de Séthi Ier, son père, sculptée sur un mur de son temple d'Abydos, et représentée sur son lit funèbre, un bras levé, la main dirigée vers son visage, tel Osiris se réveillant de sa léthargie et se protégeant des rayons du soleil levant ! L'explication du phénomène fut définitivement fournie lorsque, l'analyse de la momie, faite bien plus tard au musée de l'Homme à Paris, on put constater qu'un tendon près de l'omoplate gauche du roi avait cédé, provoquant le déplacement du bras.

Première approche

Au vrai, Ramsès passait pour l'homme de la « Baraka ». Dès le début de son règne, les écrits qu'il a inspirés couvrirent sous forme de bas-reliefs les murs de ses temples et illustrèrent les papyrus littéraires. Le grand roi apparaît comme un surdoué, doté d'une intelligence exceptionnelle, sachant profiter des occasions les plus variées – et même parfois très défavorables – pour les transformer en présages d'événements fabuleux. Cela débute à propos de l'eau que, tout jeune, et après les essais infructueux de son père, il fit jaillir du désert, jusqu'à transformer une bataille à l'issue contestable en une victoire éclatante ! Il utilisa même certains phénomènes climatiques tel celui, bien connu, de « l'été de la Saint-Martin », pour illuminer d'un soleil

Le temple d'Abou Simbel ensablé tel qu'il était du temps de Champollion, avant le déblaiement. On aperçoit les débris du colosse brisé. Peinture de Roberts

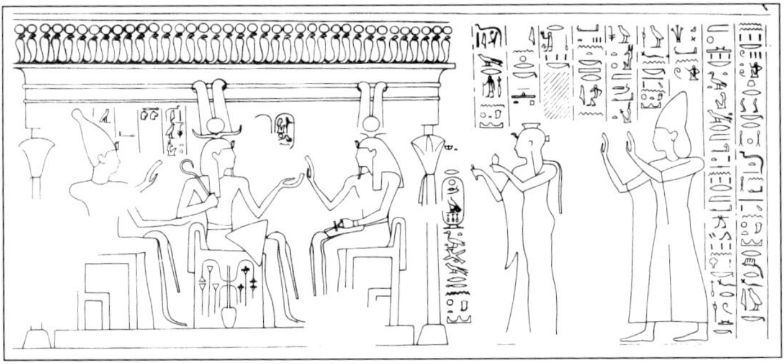

La stèle dite du mariage de Ramsès II avec la fille du roi des Hittites
Sur la gauche, le pharaon est assis sous un dais entre deux divinités (du Nord et du Sud), il reçoit la princesse hithite suivie de son père qui porte la longue robe et la coiffe (sorte de bonnet phrygien) typiques de son pays. Ce fut l'évocation de l'été de la Saint-Martin.
Stèle gravée sur le flanc sud du temple rupestre d'Abou Simbel.

estival l'arrivée, hivernale, d'une lointaine Princesse, démontrant ainsi son pouvoir sur les éléments. De même profita-t-il, en l'an 31 de son règne, d'une violente secousse sismique qui atteignit, en Nubie, la glorieuse façade de son Grand Temple d'Abou Simbel, et qui en brisa le troisième colosse au sud de la façade. Il releva immédiatement le défi en transformant ce sinistre en un miracle, jusqu'à faire proclamer *urbi et orbi* qu'un extraordinaire événement lui était annoncé : c'était l'arrivée de la fille du lointain souverain hittite, sa future Grande Épouse Royale, Maât-Hor-Néférou-Rê. À noter, encore, que le nombre impressionnant de ses fils et filles contribua naturellement à enrichir sa légende. Cette évidente propagande avait certainement pour but de souligner l'exceptionnelle personnalité du souverain dont le charisme dominait celui de tous ses prédécesseurs. Ce faisant, Ramsès se révèle, semble-t-il, comme le créateur incontesté de la publicité !

Deuxième approche

Cependant, il m'est rapidement venu à l'esprit qu'il fallait rechercher plus avant la raison profonde d'une telle attitude émanant d'un être à l'intelligence et à la psychologie si évidentes.

Quelle faiblesse de son personnage s'efforçait-il de masquer ou de faire oublier ? La logique m'incita donc à me demander la raison pour laquelle le nom de son père, Séthi, était apparu dans l'onomastique* égyptienne, alors que, jusqu'à cette époque généralement, *Seth*, génie de la perturbation, n'était pas utilisé pour patronner un Égyptien ! De surcroît, le roi Séthi, père de Ramsès II, n'était pas d'origine royale. Il était l'époux de la dame *Touy* et le fils du vizir Pa Ramessòu, devenu, sur le tard, Ramsès Ier. Dès la Ire dynastie,

Le dieu Seth, défenseur de la barque solaire, tuant le démon : le serpent Apophis.

* L'étude des noms propres.

Ramsès et Amon, dans le grand spéos d'Abou Simbel
À un certain moment de la matinée, le soleil pénètre jusqu'au Saint des saints, et éclaire deux des principales statues qui en ornent le fond, celle de Ramsès et celle d'Amon à gauche.

Seth, classé parmi les protecteurs de la Couronne, fut considéré comme étant indésirable dans l'illustration de la vie journalière. En effet, la légende osirienne présentait Seth tel le créateur du désordre, ayant tué son frère Osiris et jouant parfois le rôle de Satan. Mais il fut réhabilité sous le règne de Ramsès et devint même le défenseur de la barque solaire. Il fut aussi considéré, à cette époque, comme le quatrième élément de la force divine aux côtés de Ra-Hor-Akhty, d'Amon et de Ptah. Son image figure en compagnie des autres statues ornant le fond du Grand Temple d'Abou Simbel. Ramsès fils du Soleil fut même parfois visiblement remplacé par Seth et ainsi fut-il lié au défenseur du Soleil dans sa barque.

Découlant de ce qui précède, tenter de résoudre le problème posé par les proches origines du roi, rattaché effectivement à une redoutable lignée séthienne, prenait toute son importance.

Troisième approche

À l'occasion de l'analyse de la momie du souverain que j'avais pu faire transporter (par Air-France !) jusqu'à Paris, j'allais aborder une troisième étape. Déposée au musée de l'Homme, la momie fut étudiée et analysée par un nombre impressionnant de spécialistes. Afin d'éviter un éventuel accident de calvitie, j'avais demandé que la magnifique chevelure du roi soit étudiée avant qu'elle ne reçoive des soins par irradiation. Non seulement l'assurance me fut donnée qu'aucun accident ne surviendrait, mais une nouvelle assez stupéfiante me fut communiquée par les chimistes spécialistes de l'Oréal auxquels j'avais fait appel : *les cheveux du roi étaient ceux d'un rouquin* !

Tout s'éclairait alors. Les rares Égyptiens du Delta du Nil qui possédaient ce système pileux étaient, comme Seth lui-même, les « fils de Satan », des « formes rousses » dont on se méfiait, aux réactions assez imprévisibles, souvent malfaisantes, pour le moins coléreu-

À gauche : boucle de cheveux roux d'un état de conservation remarquable provenant de la chevelure de la momie de Ramsès.

Ci-dessous : en 1976, sur l'aérodrome du Bourget, avant son retour en Égypte, la caisse contenant la momie de Ramsès II est recouverte d'un drap de velours bleu roi (couleur de la royauté égyptienne) et brodé, par les ateliers de tapissiers du Louvre, des plantes héraldiques de l'Égypte : d'un côté les papyrus et de l'autre le lis que l'on voit ici.

ses. Ces croyances se sont encore perpétuées de nos jours en Égypte et même sous nos latitudes où la « rousseur » est parfois taxée d'un préjugé assez défavorable.

Sous les ramessides, à Thèbes même, il existait, dans ces « lieux du savoir » qu'était la « Maison de Vie », un grand *Livre de rêves* assorti d'un chapitre spécial consacré aux « rouquins fidèles de Seth ». Ainsi, sous le règne de Ramsès, Seth avait officiellement retrouvé droit de cité dans le Panthéon, si bien que Ramsès le Rouquin, fils de Seth, était bien reconnu comme une authentique créature solaire.

Dernier rebondissement

Néanmoins, ma recherche allait être poussée plus avant. Il fallut me tourner alors vers un monument trouvé en 1864, à Tanis, au nord-est du Delta du Nil, sur les lieux de l'ancienne capitale de Séthi Ier et des Ramsès, appelée **Pi-Ramsès**. Il s'agissait d'une pierre de granit rose, baptisée par les égyptologues : « **Stèle de l'an 400** ». Les figurations et les textes qui l'ornent ne se sont pas encore laissés clairement interpréter, malgré le nombre pourtant assez important de collègues qui se sont penchés sur l'énigme qu'elle présente à propos des origines de Ramsès. C'est la raison pour laquelle j'avais fait présenter ce prestigieux témoin historique à Paris, au cœur de l'exposition que j'avais organisée au Grand Palais sur *Ramsès et son temps*. Dans le texte gravé sur ce lourd monument la date de l'*An 400* de Ramsès est mentionnée. Il s'agit d'un fait jusqu'à présent unique, puisque les Pharaons, depuis la Ire dynastie de leur histoire, faisaient toujours remonter à l'an 1 le début de chacun de leur règne.

La stèle de l'an 400
Retrouvée à Tanis dans le Delta du Nil, la stèle provient de la capitale antique de Ramsès II. Elle est en granit rose, le texte qui la recouvre évoque les origines de la famille de Ramsès II.

Ramsès fait offrande de deux vases de vin à la divinité Baâl. Détail de la stèle de l'an 400

La stèle de l'an 400

Sur le cintre de la stèle aux reliefs d'un style très médiocre, et assez asiatique, Ramsès est représenté faisant l'offrande de deux vases de vin au dieu Baâl. Vêtu du petit pagne court et portant un corselet à motifs géométriques, Baâl est coiffé d'une sorte de tiare au sommet de laquelle pend un long ruban, terminé par un gland triangulaire. Il porte la longue barbe divine égyptienne, mais son front est paré « à l'asiatique » d'un disque et de deux courtes cornes superposées. Cependant, il tient dans ses mains, à l'égyptienne, le Signe de Vie *ânkh* et la haute canne en forme de *Ouas*. Derrière Ramsès, un personnage égyptien en civil est vêtu d'un double pagne, mais cependant la queue royale attachée dans le dos. L'homme lève les bras en signe d'adoration. L'inscription qui l'accompagne le décrit vénérant « *Seth, fils de Nout* », en tant que :

Stèle de l'an 400
À gauche, le dieu Seth portant la coiffe asiatique haute et pointue d'où descend un long ruban terminé par un pompon ;
en face de lui, Ramsès. Derrière Ramsès, un homme les deux bras levés en signe d'adoration vénère Seth, fils de Mout. Dessin de la partie supérieure de la stèle (détail)

Prince héréditaire [Maire] *de la ville, Scribe royal de la cavalerie, Chef des Pays étrangers, Chef de la forteresse de* Tcharou (el-Kantara), *appelé* Séthy.

Une inscription hiéroglyphique, privée de ses dernières lignes, livre le message assez singulier de Ramsès :

(Protocole de Ramsès)

Il vit, Horus-Rê, taureau puissant, aimé de Maât, maître des Jubilés, comme son père Ptah-Tenen, le roi de Haute et de Basse Égypte Ouser Maât Rê, Setep-n-Rê, *fils de Rê*, Ramsès Meriamon, *donc de Vie ! Celui qui est sous la tutelle des Deux Déesses, protecteur de l'Égypte et vainqueur des Pays étrangers, Rê qui a enfanté les dieux et remis en ordre le Double Pays, Horus Noubty, riche en années, grand de victoires, le roi de Haute et de Basse Égypte* Ouser Maât Rê, Setep-n-Rê, *fils de Rê*, Ramsès Meriamon, *le prince qui a équipé le Double*

Découverte de la stèle de l'an 400, à Tanis (Delta)
« Sa Majesté a ordonné d'ériger une grande stèle de pierre de granit au grand nom de Ses Pères, afin de mettre en valeur le nom du Père de Ses Pères et celui du (défunt) roi Men-Maât Rê, établi de façon stable pour l'éternité, comme Rê, chaque jour. »

Pays en monuments à son nom, pour que Rê brille au firmament, le roi de Haute et Basse Égypte Ouser Maât Rê, Setep-n-Rê, *fils de Rê*, Ramsès Meriamon.

Les raisons de l'érection de la stèle

Sa Majesté a ordonné d'ériger une grande stèle de pierre de granit au grand nom de Ses Pères, *afin de mettre en valeur le nom du* Père de Ses Pères *et celui du (défunt) roi* ***Men-Maât Rê****, établi de façon stable pour l'éternité, comme Rê, chaque jour.*

Les circonstances : arrivée de l'ancêtre

(Il y a) 400 ans, le quatrième mois de l'été, quatrième jour du roi de Haute et Basse Égypte, Seth, *Grand de Vaillance, fils de Rê, son aimé* Noubty, *aimé de Rê-Horakhty, qu'il vive éternellement ! Vint (en ce site) le* Régent, Maire de la Ville, Vizir, *porte-étendard à la droite du roi,*
Chef des archers.
Gouverneur des Pays étrangers,
Gouverneur de la Forteresse de Tcharou,
Grand des Medjaou,
Scribe royal,
Intendant de la Charrerie,
Maître des Cérémonies du Bouc de Mendès,
Premier Prophète de Seth,
Prêtre-Lecteur de ***Ouadjet-Oupet-Taouy****,*
Intendant de tous les prêtres de tous les dieux,
Séthy, *défunt.*
Le plus lointain ancêtre.
Prince Héréditaire, fils du Maître de la Ville,

Vizir,
Chef des archers,
Gouverneur des Pays étrangers,
Gouverneur de la Forteresse de Tcharou,
Scribe Royal,
Intendant de la Charrerie,
Pa Ramessou, défunt,
mis au monde par la maîtresse de maison,
Chanteuse de Rê,
Tîou, *défunte.*

Dans un pays où, comme on l'a vu, chaque souverain numérotait son séjour sur le trône à partir du premier jour de son règne, l'an 400 pose un grave problème. Aussi cette stèle et son inscription ont-elles fait naître bien des hypothèses – et des ambiguïtés – qui demeurent jusqu'à présent sans réelle solution. On pourrait, cependant, tenter de proposer un commentaire assez positif.

Le règne de Ramsès s'inscrit approximativement entre les années –1290 /–1224. Si l'on remonte au minimum 400 ans avant cette date, on atteint –1690, ce qui nous place aux environs de l'époque où les envahisseurs hyksos (les **Héka-Khasout**) régnaient sur l'Égypte. Cette hypothèse a pu être envisagée par certains de mes collègues. Cependant, la suite du texte de la « stèle de l'an 400 » n'a pas été clarifiée.

Voici néanmoins comment je propose de reconstituer les origines « mythiques » de Ramsès, d'après le nébuleux, mais très important document dont il vient d'être question.

Comment interpréter le document ?

Lorsque Ramsès déclare avoir voulu mettre en valeur le *nom* du Père de Ses Pères, il s'agit visiblement du nom de *Seth*, maître de la « gens », d'où fut bien plus tard tiré celui de Séthi, surtout porté par son propre père Séthi Ier – *Men-Maât-Rê* fils de Ramsès Ier, initialement appelé *Pa-Ramessou*, vizir du dernier roi de la XVIIIe dynastie, Horemheb.

Notre Ramsès déclare donc que 400 années avant son propre règne, du temps du (dieu) Seth-Noubty, arriva un certain Sethy fils du :

Prince héréditaire,
Maire de la Ville,
Vizir,
Chef des archers,
Gouverneur des Pays étrangers,
Gouverneur de la forteresse de Tcharou,
Scribe royal,
Intendant de la Charrerie,
Pa Ramessou, défunt, et mis au monde par
la maîtresse de maison, chanteuse de Rê, Tîou.

Lequel Séthi avait donc été établi dans la province (celle de la future capitale Pi-Ramsès), vouée au dieu Seth, bien avant que ne naisse, dans la même famille, des centaines d'années plus tard, un autre Pa Ramessou fils d'une Dame *Sat-Rê*, et futur Ramsès premier du nom.

Ce Séthi, fils du premier Pa Ramessou et de la Dame *Tîou*, aurait été présenté comme le noble le plus puissant du pays et investi des plus hautes charges, comme on a pu le voir. Il était le plus ancien ancêtre connu de Ramsès.

Les buts poursuivis par Ramsès

Voici les points mythiques, puis historiques, fournis par la *stèle de l'an 400*, livrant les préoccupations de Ramsès :

– *anoblir* ses origines séthiennes, donc faire accepter sa « rousseur » ;

– dédramatiser parallèlement la légende de Seth, le « hurleur », le « perturbateur » ;

– redonner à Seth son aspect bénéfique ;

– supprimer la malédiction de ceux qui portaient un nom « séthien », à commencer par celui de son père Séthi (Ier).

Par la même occasion, il s'efforçait de faire oublier la vraisemblable origine sémite de sa famille, descendant très probablement des lointains étrangers Hyksos établis dans le Delta oriental, 400 ans auparavant, du temps que les Bédouins, frères de Joseph, étaient venus à l'appel du favori de Pharaon.

Le personnage représenté derrière Ramsès, sur le cintre de la stèle (muni, dans le dos, de la queue du Souverain), serait-il ce Séthi, fils d'un Pa Ramessou et de la Dame *Tîou*, avec lequel le Joseph, de la cour de Pharaon, aurait pu être confondu ?

« La vie sur les chantiers de fouilles »
Entretien avec Anne-Marie Roméro

Paris, mars 2006

Dans un entretien exclusif qui complète
les onze récits archéologiques du *Secret des Découvertes*,
Christiane Desroches Noblecourt livre, pour la première fois,
d'incroyables anecdotes et détails sur sa vie quotidienne
sur les chantiers de fouilles en Égypte. Avec son talent unique
de conteuse, elle décrit ses relations avec ses confrères,
les ouvriers, les architectes ou ses rencontres extraordinaires
avec d'illustres visiteurs. De son arrivée au Caire en 1938
à ses dernières expéditions, elle nous plonge au cœur de l'aventure
égyptologique et nous fait respirer un peu de son fascinant parfum.

1. Une femme en Égypte

« J'étais la première femme qu'on choisissait... »

C.D.N. : C'est un plaisir de vous retrouver chère Madame !

A.-M.R. : Et c'est un honneur pour moi de vous poser quelques questions. Je voudrais que vous livriez quelques souvenirs personnels, quelques émotions, quelques moments privilégiés de votre carrière d'égyptologue, en dehors de la grande recherche scientifique qui ne sera pas du tout l'objet de notre conversation. C'est à la femme à laquelle je m'adresse et d'abord à la jeune fille de vingt-trois ans qui arrive, en 1938, sur un chantier difficile à Edfou. En 38, il n'y avait pas beaucoup de femmes égyptologues...

C. D. N. : J'ai d'abord essayé de comprendre ce que mes confrères dirigeaient car j'étais, comme on dit, un « bizuth ».

Sur la galerie des Chapelles devant ma chambre, à Deir el-Médineh janvier 1940

A.-M. R. : Alors, comment cette première arrivée s'est-elle passée ? Vous êtes la seule femme...

C. D. N. : Oui, c'était l'époque où j'étais vraiment la seule femme ! L'arrivée a d'abord été à l'école du Caire. Il n'y avait jamais eu de femmes membres de l'école du Caire, pas plus qu'à l'école d'Athènes. Alors, quand j'ai été nommée — ce n'est pas par favoritisme au contraire — ça a été une bagarre, mais les autorités du ministère de l'Éducation nationale étaient très féministes, c'étaient les jeunes confrères qui ne l'étaient pas. Ce n'était pas tant que je leur étais désagréable, mais ils m'enviaient le point de chute, c'est-à-dire la situation que l'on trouve après, en sortant de l'école du Caire. Même quand on est chevronné en tout, avec des thèses, des séjours sur le terrain, il n'y a pas de place en égyptologie. Alors, non seulement il y avait cette compétition, mais aussi la situation que l'on me proposait, puisque j'étais la première femme membre de l'école du Caire, et les camarades n'étaient pas contents d'avoir un jupon à côté d'eux.

A.-M. R. : Ils avaient déjà un peu peur du danger que représentait la compétence...

C. D. N. : Ils avaient peur, à mon avis, que je leur chipe le point de chute éventuel. Mais ça ne suffisait pas, ils étaient horriblement vexés qu'on les confonde avec quelqu'un d'autre, qui n'était pas de leur illustre sexe. C'est ça qui est terrible. « *Une femme parmi nous !* » J'ai entendu ça vingt fois. « *Qu'est-ce qu'elle vient faire parmi nous ?* »

A.-M. R. : Et comment avez-vous réagi ?

C. D. N. : Les plus [pessimistes] ont dit : « *Elle va mourir sur les chantiers de fouilles.* » Résultat, ils ont tous été malades, et sous la tente j'ai été obligée, avec de vieux verres à moutarde, de leur mettre des ventouses, de faire des piqûres, alors à ce moment-là, ils ont compris, mais avant...

A.-M. R. : Vous avez quand même une santé de fer parce que vous avez résisté...

C. D. N. : Je ne me suis jamais aperçue que j'avais une santé de fer, mais je l'ai senti puisque je suis passée à travers tout ça, même lorsque les nazis m'ont arrêtée. Il fallait vraiment que la santé tienne ! Oui, j'ai une bonne santé, il ne faut pas se vanter mais j'ai une

Temple de Montou
Karnak-nord, 1940

bonne santé. Vous savez, avec un père bourguignon et une mère savoyarde, on ne peut pas être une lavette, ce n'est pas possible !

A.-M. R. : Et donc, vous arrivez à Edfou. Alors ce premier chantier, comment le voyez-vous ?

C. D. N. : Je n'y étais pas pour travailler. J'ai eu la chance que mon vieux maître Drioton — qui était devenu directeur du Service des Antiquités égyptiennes mais qui avait été mon patron au Louvre et mon professeur avant — m'ait dit : « *Ah, vous voulez connaître* — je venais d'arriver en Égypte pour la première fois — *vous voulez connaître toute l'Égypte ? Bien, j'ai un moyen pour vous. Le ministre de l'Éducation nationale* [Jean Zay] *va arriver* — vous voyez c'était l'époque du Front populaire — *et notre ambassadeur m'a deman-*

Medinet Abou, 1939

dé de l'escorter partout. Alors, si vous voulez faire partie de la suite de monsieur le Ministre, vous verrez facilement tous les beaux sites d'Égypte sans difficulté. » Parce qu'en 1938 ce n'était pas facile. Naturellement j'ai accepté des deux pieds et des deux mains, et j'ai pu voir presque toute l'Égypte archéologique dans la suite de Jean Zay et de Drioton. C'était formidable ! Jean Zay était un homme extrêmement intelligent, talentueux, plein d'esprit et Drioton, il était abbé — il habitait même à côté de l'Institut catholique, rue Cassette à Paris — et chanoine honoraire de la cathédrale de Nancy. C'était un Lorrain, un type formidable. Quand il a été nommé directeur des Antiquités en Égypte, ça a fait une révolution : parce qu'il était curé et devenait fonctionnaire d'un pays musulman ! Eh bien, il a été accepté non seulement par tous les fonctionnaires égyptiens mais par le roi Farouk qui était le jeune successeur de Fouad.

A.-M. R. : Alors, de la même façon, vous en tant que femme, précurseur, vous avez fini par être acceptée par vos collègues ? Oui ou non ? De quelle façon ?

C. D. N. : J'étais très bien avec tous ceux — ils n'étaient pas tellement nombreux — qui suivaient avec moi les cours de la Sorbonne et qui ont reçu la préparation la plus serrée en égyptologie, parce que, après la licence et le doctorat, il faut se spécialiser. Mais quand j'ai été nommée à l'école du Caire, alors là, une délégation de mes confrères est allée voir le ministre et lui a demandé de supprimer cette nomination. C'est gentil, hein ?

A.-M. R. : Et comment avez-vous avez réagi ?

C. D. N. : J'ai râlé comme d'habitude ! Mais j'avais pour moi une chance inouïe, j'avais l'abbé Drioton, mon vieux maître, qui était épatant et plus moderne que tous les laïques du monde, j'avais Gustave Lefebvre, mon maître à la Sorbonne, qui était un savant formidable, et Alexandre Moret, professeur au Collège de France. Tous — ils n'étaient pas très jeunes mais ils n'étaient pas très vieux non plus — ils étaient tous pour moi, très féministes : j'étais la première femme qu'on choisissait [pour devenir membre de l'Institut français d'archéologie orientale du Caire (l'IFAO)].

2. Le premier chantier

« J'ai découvert l'Égypte d'une manière formidable... »

A.-M. R. : Une fois arrivée sur les chantiers de fouilles, quelles ont été alors vos relations avec les hommes ?

C. D. N. : Eh bien, j'ai eu beaucoup de veine. L'année d'avant j'étais venue en mission, [une mission de l'Éducation nationale], qui m'avait été accordée pour connaître l'Égypte — donc c'était déjà très gentil —, et l'année suivante j'ai été nommée par le directeur de l'école du Caire. Je suis arrivée sur le chantier de fouilles franco-polonaises. Les confrères bien qu'ils

Edfou 1939

aient été sur d'autres chantiers de fouilles étaient contre [ma venue], et j'ai eu la veine — c'est peut-être parce que je suis une femme — que les fouilles franco-polonaises soient composées de Français et de quelques Polonais dont un architecte, un photographe et surtout le directeur de la mission, le professeur Michalovski, un type épatant qui s'occupait de civilisation hellénistique. Cela tombait bien parce qu'on fouillait à Edfou et que c'est un Kôm, c'est-à-dire un lieu où se sont accumulés les résidus des civilisations qui se sont succédé pendant quatre mille ans. Les Français qui faisaient partie de la fouille franco-polonaise fouillaient en bas dans la nécropole où j'ai été, et les hellénistes, dirigés par le professeur Michalovski, fouillaient le sommet, la ville gréco-romaine. J'ai eu la veine de tomber sur le professeur Michalovski qui était non seulement un galant homme

Musée de Varsovie avec le professeur Michalovski (à droite) et M. Monod, ambassadeur de France (à gauche)

dans la plus belle acception du mot, très gentil, et aussi comprenant tout, respectant tout. Il a été formidable. Alors les collègues qui étaient à côté de lui n'ont pas osé « faire la tête ».

A.-M. R. : Et en tant qu'helléniste, vous laissait-il faire votre travail d'égyptologue ?

C. D. N. : Oui. Il avait déjà fouillé avec d'autres membres de l'école du Caire, donc il était habitué aux fouilles « mixtes ».

A.-M. R. : Comment avez-vous travaillé ? Vous arriviez de Paris et...

C. D. N. : J'étais dans le sillage de l'abbé Drioton. Je me suis arrêtée sur tous les chantiers de fouilles. Ça a été une veine insensée. Je suis arrivée à Edfou, à Louxor, à Assouan avec l'abbé Drioton, Jean Zay et sa suite parce que le gouvernement égyptien avait mis à sa disposition un wagon et une locomotive. Donc c'était très bien. Ainsi, j'ai pu visiter tous les chantiers. J'ai découvert l'Égypte pour la première fois, comme ça, avec un guide formidable qui était Drioton et un Jean Zay drôlement spirituel.

A.-M. R. : Un peu comme Champollion qui a

découvert l'Égypte après en avoir une parfaite connaissance ?

C. D. N. : Oui. Et j'avais la veine d'avoir des guides qui savaient ce qu'ils disaient et des moyens de locomotion épatants. Alors je suis arrivée à Edfou dans des conditions parfaites, en prenant la succession d'un brave type un peu falot.

Le train du désert

On avait chacun notre tente, on avait pris l'aire qui est située derrière le temple d'Edfou où il n'y avait rien. Maintenant il y a des cabanes de touristes. Alors, il y avait juste nos tentes à l'arrière du temple. C'était formidable. Eh bien, on se levait à cinq heures du matin, on prenait le petit déjeuner et on allait à pied jusqu'à la limite du désert, à l'endroit où les Polonais montaient sur le Kôm pour fouiller la ville gréco-romaine et puis, moi, j'avais mon équipe en bas, dans la nécropole. C'est à cette occasion que j'ai découvert la tombe de Seshsechet, la femme d'un vizir divinisé

Retour sur le terrain après la guerre. Reproduction de hiéroglyphes et de bas-reliefs à l'aide d'un rouleau de calque. Deir el-Médineh, tombe de Imen Nakht, 1946.

qui s'appelait Izi. Sans le faire exprès, je n'ai trouvé que des sépultures ou des témoignages de dames, c'est une coïncidence !

A.-M. R. : … et qui étaient relativement profondément enfoncées dans le sébakh…

C. D. N. : … dans la nécropole ? Non. [Sous le niveau supérieur] de la nécropole et on n'a qu'à descendre les marches qui sont en général complètement comblées, mais que l'on retrouve.

A.-M. R. : Cette première fouille a-t-elle, déjà, été fructueuse ?

C. D. N. : Oui, j'ai eu de la veine parce que j'étais dans un bloc qui avait été fouillé par mon prédécesseur, un agrégé assez brillant et très gentil ; mais je crois qu'il n'y avait que les livres qui l'intéressaient et il n'a pas senti le terrain. Il a à peu près tout laissé, je suis arrivée après lui et j'ai trouvé la tombe inviolée du vizir Izi divinisé ! Il y avait la ville gréco-romaine au sommet du Kôm, il y avait la nécropole en bas, il y avait la ville antique, la nécropole du Moyen Empire, enfin c'était un immense terrain. C'était un champ d'investigation formidable !

Une ascension périlleuse
Edfou, 1938

3. Le « bilitis »

« Et malgré tout, sur ces chantiers, on s'amusait... »

A.-M. R. : Et malgré tout, sur ces chantiers, on s'amusait.

C. D. N. : Et comment !

A.-M. R. : Je pense à quelque chose, une petite anecdote. Vous avez découvert un animal unique au monde, le "bilitis".

C. D. N. : Unique !

A.-M. R. : Alors, je voudrais que vous me racontiez l'histoire du "bilitis"... (C. D. N. : Vous avez quand même retenu le nom !) ... parce que ça prouve qu'on pouvait travailler très sérieusement et s'amuser beaucoup.

C. D. N. : Oui, on avait toujours une « tête de Turc ». Vous savez, pour s'amuser malheureusement il faut des têtes de turcs. On ne leur montre pas trop mais c'est plus fort que soi, surtout quand on vit en communauté. Alors il y a deux solutions : ou le type vous énerve à tel point que l'on fait tout ce qu'on peut pour l'éjecter, ou on accepte ses défauts et on en rigole bien. C'est la solution que nous avions prise.

A.-M. R. : Racontez-la un petit peu parce qu'elle est très drôle.

C. D. N. : C'était surtout avec l'aide de nos architectes, parce que les plus drôles ce sont les architectes. Les dessinateurs non, les sculpteurs non plus, mais les architectes d'un chantier de fouilles, ils amènent une gaieté extraordinaire partout où ils passent.
On a créé le « bilitis » parce que nous avions un de nos confrères très guindé dont c'était la dernière année à l'école du Caire, alors que moi c'était ma première année, je lui devais le respect. Je n'ai pas montré que j'oubliais l'étiquette devant lui — ce n'était pas bien — mais je me suis dit : « *Qu'est-ce qu'on peut faire pour le sortir de sa léthargie ?* » parce que c'était un glaçon, il était embêtant comme tout. Avec un des architectes du chantier, on a inventé, on a fait naître le « bilitis ». On a demandé à l'architecte de nous prendre des coléoptères un peu longs comme des grosses cigales, on leur a collé des petites barbes de palmiers — vous savez ces petites barbes comme des petites plumes d'autruche minuscules — enfin on a fait un « monstre ». Et naturellement, on lui a demandé de rester tranquille. Comme il était absolument inerte, cela pouvait aller. On l'a bien camouflé, — il était très beau — et on l'a mis dans une bouteille à gros goulot avec un gros bouchon et des trous pour qu'il « respire ». Ce cher collègue qui croyait assez facilement ce qu'on lui disait — c'est une preuve de gentillesse de sa part — devait retourner en France avant moi puisque je le remplaçais. On s'est dit : « *On va lui laisser un souvenir quand même.* » On a fait une grande fête, on a bu de la bière comme les Égyptiens, on a dîné avec des pi-

geons farcis au riz et puis on lui a offert son cadeau. Et ce cadeau c'était une bête très rare, un insecte très rare que nous avions cherché longtemps et que nous avions enfin trouvé. C'était le « bilitis ».

« *Nous avons retrouvé la larve du bilitis qui vient de naître, il sera éclos dans à peu près deux semaines, comme tu rentres en France dans quelques jours, tu vas nous rendre le service d'aller l'apporter au directeur du Muséum d'histoire naturelle qui l'attend avec impatience, on lui a envoyé des télégrammes.* »

Alors il a pris cela au sérieux ; ça, je dois dire, on a usé, abusé de sa bonne foi et de sa candeur. Il a demandé : « *Bon, qu'est-ce qu'il faut faire ?* » On lui a répondu : « *Écoute, il en a pour encore une semaine, alors tu vas rentrer à l'hôtel Louxor* (où était sa vieille mère qui était venue chauffer ses vieux os et qui l'attendait) ». Il a raconté ça à sa mère qui s'est répandue en histoires, à l'hôtel le soir même, auprès des convives qu'elle connaissait, dont le professeur Golenichev, le plus

Fouilles franco-polonaises
Visite à l'hôtel de Kôm Ombo, un jour de repos, avec les professeurs Michalovski, Mantenfel et J. de Linage, en 1938.

vieil égyptologue en vie à cette époque, un grand Russe de la grande époque, un type formidable ! Quand on a donné [à notre confrère] le « bilitis », quelques jours avant qu'il ne rentre à Paris, on lui a déclaré : « *Écoute, le "bilitis" a besoin d'éclore complètement, il faut donc que tu le chauffes. Tu vas le mettre sur ta fenêtre tous les matins pendant exactement une demi-heure. Le premier jour tu prendras 25 minutes, le lendemain 20 minutes, tu le mets au soleil, tu ouvres le bouchon pour qu'il ait vraiment de l'air, tu le refermes au bout de tant de minutes et tu le ramènes au directeur du Muséum d'histoire naturelle.* » On lui a donné une lettre pour le directeur du Muséum qui attendait, [soi-disant] avec impatience, le bilitis ! et on lui a précisé : « *Maintenant, fais attention, quand tu vas prendre le bateau pour rentrer en France. Voilà une lettre pour le directeur du Muséum d'histoire naturelle. [Il faut] donner [au bilitis] tous les soins, il ne bouge pas mais quand tu seras arrivé au Muséum, quelques jours après, il commencera à bouger. Voilà la lettre pour le directeur, etc.* » Alors [sa mère] a pris ça cérémonieusement, on lui avait dit — à ce moment-là il n'y avait pas d'avions — : « Quand [vous serez] sur le bateau entre Alexandrie et Marseille, tous les matins au soleil, tant de minutes, ôter le bouchon, le remettre parce que sans ça, s'il éclôt assez vite, il peut se déplacer avec une rapidité étonnante et là il peut piquer ou mordre ; on ne sait pas s'il a des dents ou pas. » Et sa mère était ravie. Sur le bateau du retour, elle a raconté [toute l'histoire] à ses voisins de table — et ce sont les gens de première classe qui sont les plus gogos. Ils y croyaient, ils la fuyaient ! Ils s'imaginaient qu'elle avait la bouteille sur elle, ils ne voulaient pas être à sa table ! Enfin, ça a été toute une histoire ! On avait dépêché des copains qui étaient à Paris à l'heure — même endroit même heure, comme on dit à la télévision. Il y en avait cinq ou six qui étaient là — et des fameux rigolos — dans la salle d'attente du Muséum, à l'heure du rendez-vous qu'on avait pris en avance. Et quand notre « victime » est rentrée dans le bureau du directeur, ils l'ont suivi. Et puis comme il était phraseur — c'était un agrégé mais alors phraseur comme pas un — il a commencé, sans même laisser parler le directeur, à lui raconter l'histoire de la découverte du « bilitis ». On lui avait farci la tête de ça. Et les copains étaient entrés en même temps que lui. Le directeur du Muséum d'histoire naturelle ne comprenait rien parce qu'il ne lui arrivait pas souvent des histoires pareilles. Comme il racontait l'histoire, les copains en ajoutaient encore un peu, enfin c'était formidable. C'est comme cela qu'il s'est fait mettre à la porte parce que le directeur a cru qu'il était avec un forcené qui insistait, insistait !

4. Choisir un site

« Ce sont des petits riens du tout qui vous ouvrent un chapitre de l'histoire... »

Ci-dessus :
Déblaiement
d'un bas-relief
Vallée des Reines

Ci-contre :
Dégagement
du niveau du temple
d'Aménophis III,
Karnak nord, 1940

A.-M. R. : On va passer à des choses un peu plus sérieuses. Lorsque vous avez un chantier de fouilles en prévision, j'imagine que ça demande un travail de préparation considérable, au préalable puis sur le terrain...

C. D. N. : Il y a deux cas : ou on prend la succession d'un collègue qui a fini son temps à l'école du Caire, ou on prend un nouveau chantier. Pour ce faire, il faut étudier les emplacements, les raisons historiques pour essayer de reconstituer tout le contexte.

A.-M. R. : Quand vous prenez un nouveau chantier, quel est le travail scientifique préparatoire ?

C. D. N. : D'abord, il faut bien connaître l'Égypte. Vous savez, les gens qui viennent en disant : « *je vais fouiller en Égypte* », on les met à la porte. Il faut qu'ils aient l'autorisation du Service des Antiquités et qu'ils aient déjà fait des prospections scientifiques. Mais, en principe, ce sont des prospections archéologiques. On connaît les sites dont on dit : « *Celui-là, je suis sûr qu'il n'a pas révélé tout ce qu'il pouvait nous donner.* » On va faire un sondage, on va d'abord demander l'autorisation du Service des Antiquités de faire ce sondage dans l'emplacement qui est recouvert du *sebah* et quand les essais donnent un petit résultat, on demande au Service des Antiquités la permission de prospecter, mais il faut être égyptologue.

A.-M. R. : Quand on prend un chantier, qu'est-ce que l'on cherche exactement ?

C. D. N. : Il y a eu des sondages. Les sondages consistent à aller sur un site qui est souvent connu par les inscriptions des autres sites voisins — on connaît donc son nom égyptien – et où les gens ont fouillé, il y a cent ans et dont on sait que proviennent des morceaux cassés, des pierres cassées ou des objets, parce qu'il y a toujours eu des vols clandestins. Quand on voit dans le commerce égyptien un objet dont l'inscription dit qu'il appartient au temple de Hérakléopolis, on sait que c'est dans cette région-là qu'il faut fouiller. Quand on a repéré un site par les inscriptions qui se sont baladées partout, même dans les collections européennes et américaines, on demande la permission de faire un sondage avec l'inspecteur des Antiquités (sur le dos). Si ça donne quelque chose, on demande la permission de fouiller, on demande la concession. On fait des recherches dans un tout petit coin du site pour voir si en dessous, sous 20 ou 30 cm, apparaissent des vestiges antiques ou des murs de briques. Ça peut être des maisons, ça peut être des murs ou même quelquefois des pierres sculptées, ce peut être aussi une chapelle disparue… Enfin, c'est tout le métier !

Christiane et André Noblecourt
Ramesseum, 1949

A.-M. R. : Est-ce qu'il arrive souvent que des sondages soient totalement infructueux ?

C. D. N. : Oh naturellement ! Mais enfin pas trop, parce qu'on commence déjà par sonder des sites qui sont connus, abandonnés depuis très longtemps ou pillés il y a aussi très longtemps, recouverts par des gravats mais dont des pierres sculptées et inscrites proviennent et se trouvent maintenant en Europe ou dans des musées d'Amérique, et cela permet tout de même de vous aider. Ou alors, il y a des découvertes fortuites. Par exemple des paysans qui ont cherché le « trésor » ou creusé un terrain et dont ces fouilles clandestines révèlent des témoignages.

Tête de vase canope représentant la reine Touy, mère de Ramsès II, découverte par Christiane Desroches Noblecourt, dans la Vallée des Reines.

A.-M. R. : Même si un site a été pillé et donc a été privé de ses plus beaux objets, pour vous, égyptologue, il est encore très éloquent et il a encore beaucoup de choses à dire ?

C. D. N. : On ne sait jamais si les plus beaux objets ont tous été pillés. Évidemment je ne crois pas qu'on retrouvera plusieurs bustes de Néfertiti, mais cela arrive ! Regardez : la Vallée des Reines a été pillée dans l'Antiquité et habitée par les habitants de Thèbes à l'époque romaine — ils se sont même installés pour vivre [dans les hypogées], pour se défendre du froid et de la chaleur. Très souvent, on entre dans des tombes qui ont été entièrement pillées mais les habitants qui avaient organisé leurs pénates dans ces endroits n'ont pas fait de fouilles complètes dans les caveaux. Très souvent, ils ont oublié une pièce, ou secrète ou bien préservée. C'est très aléatoire.
Mais regardez, par exemple : la tombe de la mère de Ramsès, qui est dans la vallée des Reines — c'est la tombe de la reine Touy, située juste à côté de la célèbre tombe de Nofrétari —, elle a été pillée dans l'antiquité. Eh bien, dans l'entrée, j'ai trouvé des chaouabtis — vous savez ces petites figurines — qui m'ont donné le nom de la Dame : Touy, Mère Royale, Grande Épouse Royale. Quel choc ! Sur de simples petites statuettes !
Je suis descendue là où les pillards romains

avaient fait tomber des blocs. Il a fallu trois ans pour vider la tombe de gravats impossibles, de poteries cassées. Dans la seconde pièce, à côté d'une porte obstruée par des gravats et des rochers, j'ai découvert la plus jolie tête de vase canope qui représente le portrait de la mère de Ramsès. Ça, c'était quelque chose !

A.-M. R. : C'est un moment émouvant ?

C. D. N. : Ah, très émouvant ! Et puis j'ai trouvé des poteries qui provenaient de vases à vin, des grandes jarres — parce qu'on mettait toujours du « pinard » dans les tombeaux ! ça « réjouit le cœur de l'homme ! » On trouve toujours des informations parmi les poteries cassées, les jarres cassées — parce que les pillards ont d'abord pris le vin, ils ont laissé les poteries. Mais ces poteries ont toujours l'appellation contrôlée, le nom du vignoble, le nom du vigneron et la date de vendange : c'est formidable ! Et c'est comme ça que j'ai trouvé des morceaux de poteries d'une jarre à vin, qui portaient l'appellation contrôlée « an 22 de tel roi », ce qui m'a aidé à éclairer un de mes confrères qui ne savait pas que Menephta, ce fameux roi, était mort plus tard qu'on ne le croyait, en l'an 22, et non, comme tout le monde l'avait pensé, en l'an 11 de son règne. Vous voyez ce sont des petites choses qui vous permettent d'ouvrir une porte historique.

A.-M. R. : Chaque petite chose en entraîne une autre...

C. D. N. : Ce sont des petits riens du tout qui vous ouvrent un chapitre de l'histoire.

5. Une journée sur le terrain

« On commence d'abord par prendre un bon petit déjeuner ! Très sérieux... »

Découverte de la tombe de la mère de Ramsès II Vallée des Reines

A.-M. R. : Tout à l'heure vous nous disiez qu'on se levait à cinq heures du matin, on partait... Alors racontez-nous un petit peu comment se déroulait la journée ?

C. D. N. : On commence d'abord par prendre un bon petit déjeuner ! Très sérieux : on a un appétit féroce sur le chantier de fouilles dans le désert ! Les domestiques se lèvent comme nous. On va alors sous une tente commune pour les repas — on est aussi tous logés sous des tentes individuelles — et ils nous servent un bon café au lait avec des tas de toasts, de la confiture et du beurre. C'est la première fois de ma vie que j'ai mangé de la confiture au petit déjeuner. Quand on est écolier on n'y pense pas... C'était très rigolo ! On se tapait un petit déjeuner sérieux et puis on partait à pied sur le chantier de fouilles qui n'était pas trop loin. Là, on travaillait jusqu'à midi. À midi, on s'arrêtait au coup de sifflet du raïs, c'est-à-dire du contremaître et on rentrait au campement pour déjeuner. Les Égyptiens, les fellahs, vous apportaient sur des grands plateaux, des grands plats de zinc, des cruches d'eau tiède : on en avait besoin, on était couvert de poussière ! Et puis on déjeunait. Après le déjeuner, on mettait nos notes en ordre et il y en avait beaucoup. Les uns développaient leurs photos, parce que c'était très archaïque... Mais ça tombait bien : je me rappelle avoir tiré au soleil des photos, vous voyez à quel point on était archaïque ! Et puis on allait travailler avec l'architecte parce que, tous les jours, il venait sur le chantier plusieurs fois ; on lui expliquait ce qu'on avait vu, on lui demandait de chercher [nombre de détails que l'on comprenait moins bien que lui] et l'après-midi on travaillait avec lui sur ses plans.

A.-M. R. : Cela faisait des journées de quinze ou vingt heures de travail ?

C. D. N. : C'était des journées très, très dures. Ah, mais on prenait quand même la tasse de thé. Ah ça, il y avait la tasse de thé ! En Égypte, si on n'a pas la tasse de thé, ce n'est pas possible. Et puis on se remettait au travail et on dînait vers les sept heures, sept heures trente.

6. Les architectes

« Ça commençait très bien, mais au bout d'une demi-heure, on s'"engueulait". Ça, il n'y a aucun doute... »

A.-M. R. : Vous parliez des architectes, quel est leur rôle exactement ?

C. D. N. : Il est important. Ils sont en général formés sur d'autres chantiers. Nous, on choisissait toujours des types qui étaient rodés. Ils travaillaient avec nous sur le terrain et, au fur et à mesure qu'on relevait des vestiges antiques, on discutait avec eux de ce qu'on avait vu, de ce qu'on avait compris et ils dessinaient tout de suite derrière nous. Et avant la fin du chantier, à midi, on retournait avec eux, [sur le terrain], pour vérifier tout ce qu'ils avaient relevé ou ce que nous avions trouvé après leur passage ; c'était très systématique.

A.-M. R. : Et leurs dessins, le relevé qu'ils faisaient des découvertes...

C. D. N. : … les plans…

A.-M. R. : ... les plans qu'ils faisaient...

C. D. N. : … et des élévations et très souvent des coupes.

A.-M. R. : ... pouvaient, peut-être, parfois vous aider à voir où pouvait se continuer le monument ?

Corrections d'un relevé avec un dessinateur du Centre de documentation du Caire

C. D. N. : On le voyait souvent. Il y a toujours des amorces de murs… Oh oui, très souvent !

A.-M. R. : Mais c'est un travail de collaboration très étroite…

C. D. N. : Oui, c'est un travail de collaboration continue. On allait souvent travailler l'après-midi avec eux sur leur table d'architecte. Ou alors, on allait sur le chantier avec eux et, à ce moment-là, on s'« engueulait » parce qu'ils voyaient des choses qu'on ne voyait pas, et *vice versa*. Parce qu'en faisant un relevé d'après nos notes et même sur le chantier — ils étaient venus plusieurs fois sur le chantier le matin quand on fouillait —, nous avions vu des choses qu'ils n'avaient pas vues, et *vice versa*. Alors là, il y avait des doutes. Ainsi ça commençait très bien, mais au bout d'une demi-heure, on s'« engueulait ». Ça, il n'y a aucun doute.

7. La cuisine sur le Nil

« Je leur ai appris à faire une sauce mousseline… »

A.-M. R. : Et en dehors des heures de travail ? Vous avez raconté plusieurs fois que vous étiez un peu la maman de l'équipe.

C. D. N. : Il le fallait, j'étais la seule femme !

A.-M. R. : … Vous aviez même appris aux cuisiniers à faire des plats un peu plus mangeables…

Le mobilier funéraire sorti des tombes d'Izi et de Seshsechet Edfou

C. D. N. : Heureusement ! Parce que si vous aviez vu la tambouille qu'ils nous ont faite au début ! Mais ils étaient très « dressables ». Je leur ai même appris à faire cuire d'une façon correcte le poisson du Nil, ensuite je leur ai appris à faire une sauce mousseline dans laquelle je leur faisais mettre du jus de citron ; et c'était délicieux. Les copains étaient très contents. Parce qu'avant mon arrivée, il fallait voir ! Le cuistot prenait le poisson qui venait d'être pêché, il le trempait vaguement dans de l'huile — pas tout à fait celle d'une machine à coudre mais presque ! — et il l'amenait comme ça. Ce n'était pas fameux !

8. Les relations avec les ouvriers

« Je leur expliquais ce que je cherchais et ce que voulait dire ce que je trouvais... »

A.-M. R. : Combien une équipe comportait-elle à peu près de personnes ?

C. D. N. : Cela dépendait. Mais enfin, il y avait toujours un chef de mission, un adjoint, un ou deux stagiaires de l'école du Caire quand c'était une fouille entièrement française, un architecte, quelquefois un grouillot architecte.

A.-M. R. : Et combien d'ouvriers égyptiens ?

C. D. N. : Ah, les ouvriers, alors ça c'est différent. Cela dépendait de la taille du chantier. Moi j'ai eu jusqu'à trois cent cinquante ouvriers.

A.-M. R. : Alors justement, je voulais vous raconter une anecdote qui m'est arrivée en allant de Deir el-Médineh à la Vallée des Rois, en passant par la Cime.

C. D. N. : C'est un joli chemin.

A.-M. R. : Très joli chemin, difficile, aride, sauvage... et tout d'un coup, j'ai vu surgir de nulle part un fellah, un monsieur âgé, édenté quelque peu, avec une grande galabie noire, un vieil

Vallée des Reines
Novembre 1991

Égyptien qui, en français, m'a proposé de me vendre un petit objet.

C. D. N. : Ah, il avait fréquenté l'école française.

A.-M. R. : Et je lui ai dit : « *Vous parlez français ?* » et il m'a dit : « *Oui. Vous connaissez Mme Desroches Noblecourt ?* » Je lui ai dit : « *Oui, je la connais.* » Il m'a dit : « *Dites-lui combien on l'aime ici...* »

C. D. N. : C'est gentil ça !

A.-M. R. : « *... et combien on la regrette. J'ai travaillé vingt ans avec elle et vous savez...* »

C. D. N. : Mes successeurs ne savent pas leur parler, ils leur parlent comme à des esclaves.

A.-M. R. : Alors, justement, il m'a dit : « *Ce n'est plus pareil maintenant...* »

C. D. N. : Ce n'est plus la famille !

A.-M. R. : « ... *parce qu'elle, elle nous expliquait ce qu'on faisait.* »

C. D. N. : Oui, c'est normal !

A.-M. R. : Expliquez-moi un peu. D'abord vous avez appris l'arabe.

C. D. N. : ... de chantier, vous savez, quand après ça, au Caire, je me suis mise à parler arabe avec le ministre de la Culture, il a bien rigolé ! Non seulement la grammaire était rudimentaire, mais je parlais avec l'accent de Haute-Égypte, c'est tout vous dire !

A.-M. R. : Et vous leur avez appris des rudiments de français puisque cet homme...

C. D. N. : ... Oui, c'était forcé. Ils vivaient dans notre entourage et ils sont très curieux, ils écoutent, ils demandent : « *Qu'est ce que c'est que ça ?* »

A.-M. R. : Et vous leur répondiez ?

C. D. N. : Oh oui ! On leur expliquait même : à mes ouvriers, je leur expliquais ce que je cherchais et ce que voulait dire ce que je trouvais.

A.-M. R. : Et c'est ce que m'a dit ce monsieur. Il m'a dit : « *Elle nous expliquait, maintenant on ne nous explique plus rien, on est là...* »

C. D. N. : Oui, parce que ces « messieurs » ne pensent pas que les Égyptiens puissent avoir une âme, une intelligence, comme les nôtres.

Vallée des Reines : toujours sur le qui-vive

A.-M. R. : Vous avez l'impression qu'il y a un grand changement dans les mentalités…

C. D. N. : Vous savez, il y a quarante ou cinquante ans, ça dépendait du chef de chantier. S'il était un type humain et intelligent, ça allait très bien, il devenait l'ami de son contremaître, mais il y a toujours eu des imbéciles !

9. Faire boire un musulman

« C'est le cas où Allah le permet... »

A.-M. R. : Je voudrais que vous nous racontiez une anecdote. Il paraît q'un jour vous avez fait boire un musulman.

C. D. N. : C'était à Edfou dont les cobras étaient célèbres. Ils mesuraient plus d'un mètre vingt et leur morsure n'était pas drôle — d'ailleurs les sérums contre les cobras justement venaient d'Edfou — c'étaient des bêtes costaudes.
Un jour, j'arrive sur le chantier, je vois un attroupement. Naturellement, je me dis qu'il s'est passé quelque chose, parce que les ouvriers ne s'amusent pas à se réunir sans raison. Ils sont très respectueux, si on leur parle, si on leur explique ce qu'on fait, ils sont épatants, ce sont des collaborateurs. J'arrive et je leur dis : « *Qu'est-ce qu'il se passe ?* » — « *Ah, Un tel a été mordu par un cobra, alors on l'a emmené chez le sorcier du village à la limite du désert. Puis je ne sais pas ce qu'il a fait le sorcier, mais ça n'a pas eu l'air de réussir.* » Je lui ai répondu : « *Écoute, je*

Charmeur de serpent

vais essayer de le soigner, ça ne va pas être facile. » Et mes collègues, dont le professeur Michalovski, ont objecté : « *Vous n'êtes pas folle ! Ne vous mêlez jamais de ces histoires-là ! Regardez-le, il va claboter, il ne tient plus debout, on va dire que c'est vous qui l'avez tué !* » J'ai répliqué : « *Peut-être, mais vous n'allez pas me laisser insensible devant un type qui est en train de claquer !* » J'avais toujours ma trousse avec moi, je me suis dit qu'il fallait tenter quelque chose, je n'étais pas du tout rodée pour ça, mais on allait essayer ! Alors j'ai demandé où il avait été piqué — il avait été piqué au mollet naturellement. Je lui ai fait une injection à une épaule, à l'autre épaule, à la cuisse et au mollet. j'ai pensé : « *Il va peut-être claquer, mais pas de la morsure !* » Il n'était pas beau à voir ! En plus de ça, j'ai pris une bouteille de whisky qu'on a toujours dans notre sacoche parce qu'il y a toujours des gens qui tombent, qui se font mal, qui prennent un coup de soleil, et je lui ai fait avaler presque la moitié d'une bouteille de whisky. Vous savez ces bouteilles carrées, « Johnny Walker ». Il a bu. Il ne voulait pas parce qu'il était musulman. Je lui ai affirmé : « *Si, c'est le cas où Allah le permet.* » Alors il a bu en crachant, mais je l'ai empêché de vomir. Enfin, il s'est complètement affalé, dans les « vapes ». Puisqu'il était complètement abruti, presque évanoui, je l'ai couvert d'une couverture, d'un châle quelconque, pour qu'il n'attrape pas froid. Étant donné qu'il avait son plein de whisky, j'ai attendu qu'il se réveille, une heure ou deux après. Pendant ce temps, j'avais rejoint mes camarades qui m'avaient dit : « *Vous n'êtes pas folle, il fallait le laisser passer de l'autre côté ! Il ne faut pas vous mêler, soigner des gens avec des médecines à la « babala », comme on dit, c'est-à-dire que vous ne connaissez pas.* » Je leur ai répondu : « *Écoutez, je me rappelle que mon arrière-grand-père m'a raconté ce qu'il s'est passé pendant la guerre de Crimée et qu'il avait sauvé un type en lui faisant boire du schnaps. Alors moi, je lui ai fait boire du whisky !* » — « *Mais vous n'êtes pas une vieille sorcière, vos remèdes de bonne femme, vous n'auriez pas dû les utiliser.* » — « *J'ai fait ce que j'ai pu, et vous savez bien que les remèdes de bonnes femmes, c'est très bien !* »

A.-M. R. : Il ne vous en a jamais voulu ?

C. D. N. : Au début, il [s'est défendu] : « *Non. Allah ne veut pas.* » — « *Si, enfin dans ces cas-là, Allah le veut.* » Il s'est laissé faire et quand il s'est réveillé — je l'avais couvert, on l'avait massé, frappé, etc. — il m'a dit : « *Par Allah, je reboirai bien encore un peu de whisky !* »

10. Apporte-moi un « *canif* »

« ...Vous savez, quand on se met à parler... quelquefois, on se trompe !... »

A.-M. R. : Il paraît qu'un jour, justement avec votre arabe de cuisine, vous avez demandé un « canif » ?

C. D. N. : Oh, alors là, c'était avec mon contremaître. Le pauvre type, il s'est fait malmener pour rien, mais c'était tellement drôle !
Il était sur le chantier et on trouvait des tombes dans une nécropole du Moyen Empire, au ras du sol ; une ou deux, ça va, mais quand il y en a cinq ou six, il faut qu'on les numérote, les photographie, qu'on les mette sur nos no-

tes. Alors, je lui avais demandé d'aller me chercher des palmes, mais droites pour que cela me fasse comme des cannes, des pieux. Et puis, cela ne suffisait pas, je voulais introduire des fiches en haut du pieu, en le fendant.

Alors, vous savez quand on se met à parler, quelquefois on se trompe, et au lieu de dire « *apporte-moi un couteau* », je lui ai dit moitié français moitié arabe « *hat el canif* ». J'ai dit un « *canif* » au lieu de dire un « *sikini* » ; « *hat el* », cela veut dire « *apporte-moi le* », et « *canif* », il ne comprenait pas, il me regardait et il m'a dit : « *Qu'est-ce que tu veux ?* » — « *Un canif !* » — « *Tu veux un khanif ?* » — « *Oui ! Qu'est-ce que tu attends.* » Il me regarde, il me dit : « *Ça presse ?* » — « *Oui, naturellement ! Apporte-moi ce canif et dépêche-toi !* » Quand il a vu que j'étais sincère, il a pensé « *elle est malade* ». Alors il est allé en courant au campement — on était sur le chantier de fouilles — il est revenu avec quatre ouvriers qui portaient chacun un des quatre pieux de la tente toilettes. Parce que *khanif* ça veut dire « goguenots » en arabe !

11. La technique des fouilles

« C'est une "noria" très facile à organiser... »

Appel des ouvriers
Vallée des Reines

A.-M. R. : Comment vous comportiez-vous, comment dirigiez-vous ? Vous m'avez dit tout à l'heure que vous aviez jusqu'à trois cents fellahs sur un chantier : comment arriviez-vous à diriger une armée pareille ?

C. D. N. : Oh, ce n'est pas difficile ! On les partage en équipes avec un sous-raïs — le raïs c'est le patron d'une équipe. Il faut toujours arriver à se mettre en hauteur. Comme dans les ruines, il y a toujours des murs qu'on peut réaménager, on se met sur le mur le plus haut

La noria des porte-paniers

— quand ce sont des bâtiments antiques, ça arrive souvent — et puis on leur donne le programme et on les surveille. Quand on arrive à des monuments ou à des traces de monuments, on arrête le travail. On les met à autre chose, comme déposer les remblais qu'on a disposés en talus pour les maintenir à plat. On les occupe toujours. Et on prend les meilleurs pour finir la fouille délicate. Ça se fait très bien ; ça s'organise très bien. Il n'y a pas de problème.

Et puis alors n'oubliez pas que parmi ces ouvriers, il y en a qui ne fouillent pas. Il y en a beaucoup qui sont des porte-paniers. Du temps de Drioton sur les chantiers, il avait essayé d'introduire la brouette à la place des paniers. Quand la brouette était pleine, l'équipe la chargeait sur les épaules. Mais des ouvriers sont venus se plaindre en disant que c'était trop lourd ! On a vu que les roues et eux, ça n'allait pas ensemble, alors on les a remis à leur technique primitive qui était le couffin. On remplit le couffin, les porteurs le mettent sur leurs épaules et ils vont à un kôm de déblai. Et il y a une circulation continue entre les porte-paniers pleins et les porte-paniers vides. Il y en a toujours un qui arrive avec un panier plein [qu'il déverse] aidé par celui qui porte le panier vide — pour que ça aille plus vite. Comme ils ont deux anses ces paniers, il y a un [ouvrier] qui prend une anse, l'autre porte l'autre anse, ils s'entraident pour verser les paniers qui sont lourds et gros, et pour le remettre sur l'épaule du type qui s'en va le remplir de nouveau. Et c'est une noria très facile à organiser.
Et à côté, il y en a un qui est chargé du criblage. Quand le panier est versé, il n'est pas versé sur le tas, il est versé à côté, sur une place libre. Alors un ouvrier se précipite sur le [contenu du] panier qu'on vient de vider et il trie. Et souvent on trouve des amulettes, des morceaux de poterie…, et ensuite on le remet sur le cavalier de déblai.

12. Des visiteurs illustres

« Ah non, je ne suis pas une touriste américaine !... »

A.-M. R. : Vous avez eu aussi quelques visiteurs illustres, qu'on vous a peut-être imposés ?

C. D. N. : Très sympathiques, la plupart du temps très sympathiques…
Quand il vient des visiteurs qui vous interpellent sur le chantier, c'est rare. En général, ils sont respectueux. Il m'est arrivé une ou deux fois d'être apostrophée par je ne sais qui, eh bien, je l'ai envoyé bouler ! Mais, en général, ils sont très respectueux. Très souvent des gens me reconnaissent en me disant : « *Vous avez été mon professeur !* » Ah ça, cela arrive souvent, parce que vous savez, à l'école du Louvre, j'avais pas mal d'étudiants. Quand des autorités françaises arrivaient, le ministre de la Culture égyptien, qui s'appelait Saroite Okacha — il était épatant et très francophile — leur disait : « *Vous allez en Haute-Égypte : allez voir le chantier de Mme Noblecourt.* » C'était très gentil. J'ai eu pas mal de visites de personnalités françaises.

Arrivée d'Onassis dans la Vallée des Reines

A.-M. R. : Mais, dans les grands visiteurs connus, vous avez eu Onassis.

C. D. N. : Oui, entre autres !

A.-M. R. : Comment cela s'est-il passé ?

C. D. N. : C'était un matin. J'ai reçu un messager qui venait de Louxor — parce que nous étions sur la rive gauche — qui avait été alerté par le correspondant de notre ambassade à Louxor qui avait été alerté par l'ambassadeur de France au Caire. Et il me faisait passer un message comme quoi Onassis et Jackie Kennedy allaient venir et voudraient voir mon chantier. Il n'y avait qu'à dire oui, je ne pouvais pas dire non ! Et ils sont arrivés quelques heures plus tard, très tôt dans la matinée, au début du chantier de fouilles. Je « râlais » parce que c'était l'avant-dernier jour avant de

Christiane Desroches Noblecourt, Onassis et Jackie Kennedy

fermer notre chantier, c'était la fin de la saison et cela m'embêtait : j'avais la paye des ouvriers…, et ils venaient nous déranger ! Bon, enfin, j'ai essayé de cacher mon ire. Onassis a gravi la pente de la Vallée des Reines. Il ne me connaissait pas. Il arrive, il marche : « *Hello, Christiane !* » Je lui ai dit : « *On voit bien que vous êtes grec, parce qu'aucun Français n'aurait osé m'appeler par mon prénom !* » (Oh, c'était vache !) — « *Oh pardon, excusez-moi !* » Je lui ai dit : « *Non, je ne suis pas une touriste américaine !* » Ça a été un début d'entrevue très désagréable.

A.-M. R. : Vous aviez donné le ton !

C. D. N. : Non, mais ça m'énerve ! Il peut m'appeler « pépée » s'il veut, mais quand même !

Il vient sur mon chantier et « hello ! » Non mais quand même ! Il y avait Jackie qui était très gênée, derrière lui. Alors, je lui ai fait un peu la « gueule », pas trop, et lui était penaud. Et puis, je lui ai fait visiter les tombes et, en lui faisant visiter les monuments, j'ai vu qu'il était très intelligent, qu'il me posait des questions extrêmement précises, à tel point qu'il s'est arrangé pour s'excuser après. Il était très habile. J'ai failli lui dire : « *Vous êtes bien grec.* » Pour le corriger, je l'ai fait descendre dans les tombes les plus terribles, la tombe de la mère de Ramsès qui était couverte de suie — parce que, quand les Égyptiens pillaient une tombe, ils y mettaient le feu. Et comme ces tombes de la Vallée des Reines étaient recouvertes d'un glacis de plâtre peint, le plâtre brûlait bien. Alors, il y avait de la poussière, il mettait ses mains sur les murs, il était tout noir. Ça, je me suis payé le plaisir de lui faire des mains noires ! Il est descendu jusqu'en bas et il a écouté les explications sans broncher, très gentil. Il en est sorti et ça l'intéressait beaucoup. Il m'a dit : « *Ah bien ! maintenant nous allons vous quitter. Nous allons voir le Ramesseum.* » Je voyais qu'il me demandait si c'était intéressant, enfin, je voyais qu'il allait à la pêche. Je lui ai dit : « *Écoutez, je vais faire fermer le chantier dans une demi-heure, je viens avec vous.* » Parce qu'il était devenu très sympathique. Il me posait des questions intelligentes, il était bien Onassis, et très cultivé.

A.-M. R. : Et sa femme posait-elle aussi des questions ?

C. D. N. : Jackie, oh oui ! très simple, très gentille, même trop humble. Et on a passé la soirée ensemble, sur notre chantier de fouilles. Cela les a amusés, beaucoup plus que d'être à dîner dans un restaurant, dans un palace de la rive droite, et ça s'est très bien terminé. Alors Jackie m'a dit : « *Vous rentrez bientôt à Paris ?* », je lui ai répondu : « *Oui, après-demain.* » — « *Eh bien, nous aussi, on va se revoir alors.* » Je lui ai dit : « *Volontiers.* » — « *Je vous téléphonerai.* » Je me suis dit parole de pin-up ! Pas du tout elle m'a téléphoné, ils rentraient en France et, nous aussi, ce qui fait que trois jours après je reçois un coup de téléphone au Louvre de Mme Onassis : « *Est-ce que vous êtes libre ce soir ?* » — « *Non, madame.* » — « *Attendez, je vais demander à mon mari.* » Alors elle a demandé à son mari et m'a dit : « *Choisissez votre jour, nous serons très heureux de vous revoir. Choisissez votre jour, on se libérera.* » Ils se sont libérés pour le surlendemain je crois, et on s'est retrouvés chez Maxim's. Naturellement je n'avais qu'à demander la table de M. Onassis, il avait toujours sa table en entrant à gauche. Il m'a dit : « *Qu'est-ce que vous voulez dîner ?* » — « *Je ne sais pas, c'est vous qui allez choisir.* » Il a compris et il a dit : « *Est-ce que vous aimez les pommes de terre en robe des champs ?* » — « *Oui, je raffole de ça !* » J'ai pensé : « *Ça commence bien ! Il n'est tout de même pas radin !* » Pas du tout ! C'était des pommes de terre en robe des champs fourrées au foie gras ! Mais quel foie gras ! Ah, c'était épatant ! Et puis avant la fin du dîner, le maître d'hôtel qui était habitué à avoir un hôte de marque qui avait sa table lui susurre quelque chose à l'oreille. Et je vois Onassis qui pâlit un peu. Alors, il se retourne vers moi, dès que le maître d'hôtel a disparu, et il me dit : « *On vient de m'annoncer une*

mauvaise nouvelle : M. Pompidou vient de mourir. »

Abou Simbel : démontage du Grand Temple

A.-M. R. : Vous avez aussi eu la visite d'André Malraux ?

C. D. N. : Oui, j'ai eu la visite d'André Malraux. Il est parti avec moi de Paris, avec son chef de cabinet, qui s'appelait Beuret. Et il a écrit une partie de ses *Antimémoires* pendant tout le voyage. Quand on est descendu de l'avion à l'aérodrome d'Héliopolis, j'ai pu lui parler parce que, dans un avion, on nous écoute. Je lui ai dit : « *Monsieur le Ministre, pas un mot sur qui que ce soit, car on a des oreilles partout.* » — « *Même ici, en plein air, entre l'avion et l'aérodrome ?* » — « *Oui, oui.* »

On est arrivés très tard, on avait rendez-vous à huit heures pile pour signer à la présidence — parce que, quand une autorité arrive, il faut aller signer à la présidence à Héliopolis. Donc le lendemain matin, on est allé signer. Et j'ai vu descendre notre chargé d'affaires qui avait été spécialement envoyé par les Affaires étrangères pour la visite de Malraux — j'ai oublié son nom. Ce monsieur de Je-ne-sais-pas-quoi arrive dans un costume en apalga clair, très beau, très bien, mais on ne voyait pas sa chemise, il avait une cravate très sportive — vous savez, comme s'il allait jouer au golf. Eh bien, la façon dont Malraux l'a accueilli ! ce n'est pas mot à mot ses paroles, mais c'était exactement : « *Monsieur, allez vous rhabiller.* » Oh, le type a compris, il s'est excusé, il est reparti et il est revenu avec un col blanc et une cravate, nous avons été ensuite voir Nasser.

Ci-dessus :
André Malraux visite les travaux de sauvetage d'Abou Simbel.

Ci-contre :
Devant le visage monumental d'un des quatre colosses d'Abou Simbel.

L'adjoint du ministre de la Culture égyptien, Christiane Desroches Noblecourt et André Malraux

A.-M. R. : Malraux s'est-il intéressé à vos travaux ?

C. D. N. : Beaucoup, beaucoup, et surtout à la représentation des scènes religieuses qui étaient sur les murs des tombeaux de la Vallée des Reines. Oh oui ! Posant des questions très profondes… Très intéressé par l'Éternité. C'était le mot qu'il prononçait tout le temps du reste, vous savez les « constellations éternelles », ça, c'était Malraux. Mais il était très curieux de tout. Il posait beaucoup de ques-

tions et était d'une amabilité admirable, très simple, naturellement.

Et il avait les jambes « mal foutues », parce que, je crois — il me l'a dit, [sans vouloir] « la ramener » —, lorsqu'il était FFI, il avait reçu une rafale de balles dans le mollet d'une jambe, et il a eu du mal à monter la Cime thébaine. En rentrant, il m'a dit : « *Vous savez, ne croyez pas que j'ai voulu traîner la jambe parce que j'étais essoufflé, mais, depuis que j'ai reçu les petites " crottes " de la mitrailleuse, il y a des moments où j'ai une crampe.* » C'était vrai. Non il était très bien, très intéressé de tout, surtout très simple.

Christiane Desroches Noblecourt, André Malraux et Hügaïen le ministre de la Culture égyptien

13. Le sourire de la mère de Ramsès

« Je ne l'ai pas fait exprès, mais j'ai toujours découvert des "tas de choses" qui touchent la gent féminine ! ... »

A.-M. R. : Puisque vous êtes en train d'égrener vos souvenirs : est-ce qu'il y a des moments particulièrement émouvants dans vos découvertes... ?

C. D. N. : Oui, le jour où — ce sont toujours des femmes, et pourtant je ne suis pas spécialement féministe – le jour où j'ai découvert la tombe de la mère de Ramsès, où j'ai découvert son portrait en albâtre — qui est très beau et qui est au musée de Louxor —, où j'ai découvert la sépulture de la femme du vizir divinisé à Edfou et qui s'appelait la dame Seshsechet. Je ne l'ai pas fait exprès, j'ai découvert des « tas de choses » qui touchent la gent féminine ! C'est très drôle !

Ci-contre :
Au sommet d'un puits funéraire
Vallée des Reines

A.-M. R. : Et la fouille de la tombe de Nofrétari ?

C. D. N. : La tombe de Nofrétari est belle, très belle. Maintenant il faut la visiter avec la permission du Service des Antiquités parce que les touristes l'abîment beaucoup. Elle est belle, elle est très belle.
La tombe de la mère de Ramsès a dû être très belle aussi mais elle a été pillée par les Coptes de l'époque chrétienne : ils en avaient fait une nécropole pour eux seuls, et elle est très

Réparation d'une poterie à la sortie d'un caveau Vallée des Reines

abîmée. Mais j'ai trouvé son portrait en albâtre, grand comme [le poing]. Sublime. Et quand je l'ai sortie des déchets, et que je l'ai amenée au jour — ce n'est pas une blague — la reine a souri. Parce que j'ai soufflé dessus pour enlevé les gravats : je n'ai jamais vu un visage aussi charmant.

14. Un pharaon à Paris

« Ramsès a salué son obélisque ! »

A.-M. R. : Et lorsque vous avez fait venir la momie de Ramsès II en France pour la faire soigner, c'est un moment émouvant aussi, non ?

C. D. N. : Pourquoi est-ce que j'avais eu cette idée en tête ? Il y avait une raison, c'était pour l'exposition Ramsès II que j'avais organisée, ce n'était pas pour l'exposer, mais je voulais qu'on la voie de loin.
Et puis, la raison pour la faire [venir à Paris] était qu'elle sentait mauvais quand on tournait autour de sa vitrine [du musée du Caire], elle avait donc besoin d'être soignée. Elle devait contenir des éléments de pourriture. J'ai eu du mal, j'ai d'abord voulu la faire soigner sur place. Cela n'a pas marché. Alors, à la fin, j'ai obtenu la permission du gouvernement égyptien de la faire venir à Paris. Et faire voyager un vieux pharaon, vous savez, ce n'est pas rigolo ! J'ai repris ma canne de pèlerin. J'ai l'habitude ! J'ai souvent fait des démarches comme celle-ci. J'ai été voir Sadate, je lui ai expliqué pourquoi je voulais faire venir la momie : parce que les savants égyptiens n'étaient pas en condition pour la soigner sur place. Il a très bien compris et m'a dit : « *Ce n'est pas la peine de prendre des circonvolu-*

tions de langage, dites-moi qu'ils sont incapables de le faire ! » Et c'était vrai. Il l'avait compris. « *Ils ont des excuses* », ai-je répondu. Et c'était vrai aussi.

Inauguration de l'exposition Ramsès II à Paris, en 1976

Puis, je suis allée voir Giscard. J'ai été reçue par un homme éminemment bien élevé, mais d'une froideur glaciale. C'est bien ce qu'il m'arrive souvent : des situations impossibles ! Il faut en sortir ! Il y avait une pluie épouvantable, et je n'osais pas entrer dans la cour de l'Élysée, parce que je me disais : « *Ça va être des histoires, je n'ai pas de papiers, je ne suis pas habilitée* ». Alors, je suis arrivée comme un caniche, avec des cheveux qui tombaient — je n'ai pas les cheveux qui frisent naturellement. Ce n'était pas très beau à voir ! Comme je n'étais pas tellement plus jeune que maintenant, c'était encore un peu moins beau.

Je suis arrivée, j'ai été reçue par le laquais de service qui m'a dit : « *Monsieur le Président vous attend.* » Je suis entrée et au lieu qu'il me dise bonjour — il était toujours entouré de son chien, et le chien n'était pas content parce que le laquais avait laissé tombé quelque

chose, ça avait fait du bruit —, j'ai entendu une voix courroucée qui disait : « *Tais-toi Jugurtha.* » C'était le chien de Giscard, il s'appelait Jugurtha.

Alors je lui ai dit : « *Il est gentil, il ne faut pas l'empêcher de parler. C'est certainement une chienne, un chien se serait tenu tranquille.* » Il a rigolé. « *Quelles sont les raisons pour lesquelles vous avez demandé une audience ?* » — « *Monsieur le Président, vous savez fort bien pourquoi je veux vous voir, parce que vous ne m'auriez pas reçu sans cela.* » — « *C'est vrai.* » Je lui ai expliqué que je voulais faire venir la momie de Ramsès II. Il m'a dit : « *Vous n'allez pas l'exposer ?* » Je lui ai répondu : « *Ce n'est pas ça ! Je veux la faire venir parce qu'elle sent mauvais, si vous voulez avoir tous les détails. J'ai essayé de la faire soigner en Égypte. J'ai fait venir les professeurs du Muséum d'histoire naturelle et du musée de l'Homme. Ils m'ont dit qu'il fallait la soigner avec tel et tel produits et telle atmosphère, mais les Égyptiens ne peu-*

Retour au pays de la momie de Ramsès II sous un dais brodé

vent pas. Ils m'ont eux-mêmes proposé de la faire venir en France.Je viens donc vous demander la permission de recevoir une tête couronnée un peu âgée, mais enfin... » J'ai ajouté : « *Ce n'est pas tout, Monsieur le Président, puisque vous voulez bien, il faut que vous m'aidiez jusqu'au bout : il faut que vous me fournissiez un avion militaire. Oui, pour faire voyager un pharaon, vous ne voudriez quand même pas que je demande un parachute !* » — « *Et puis qu'est-ce qu'il vous faut encore ?* » — « *Tout le cortège que ceci amène ! Il faut que j'aille voir le ministre des Armées, qu'il m'accorde un bon avion militaire, j'irai même jusqu'à accepter un avion français qui vient d'une tournée en Éthiopie ou en Afrique du Sud, cela vous coûtera moins cher.* » À la fin, il a rigolé : « *Arrangez-vous avec Mme Saunier-Séïté.* » Elle était le ministre des Universités, et ça tombait bien, c'était une vieille amie !

A.-M. R. : Enfin Ramsès est arrivé ?

C. D. N. : Oui.

A.-M. R. : Et il a été salué par les honneurs militaires ?

C. D. N. : Ça, c'est une idée de mon mari : « *Tu ne vas pas faire venir Ramsès II sans l'accueillir !* » — « Il va être accueilli par tous les savants. » — « *Non, non.* » Mon mari avait un esprit très militaire, il n'était pourtant pas militaire. Il connaissait le général commandant la Garde républicaine, alors, il est allé le voir en mon nom — mais je crois qu'ils se connaissaient — et il m'a décroché un détachement de gardes républicains formidable avec casques et tout ce qu'il fallait ! [Pour accueillir la momie de Ramsès II, qui devait arriver du Caire en avion militaire], il ne fallait pas, comme disent les étrangers, qu'il y ait un *hijack*, c'est-à-dire un avion israélien qui appréhende l'avion pour chiper la momie parce que c'était le moment où [Israéliens et Égyptiens] se faisaient de sales tours. On est donc allé chercher Ramsès à l'aérodrome, avec le représentant du président de la République, avec le général commandant la Garde républicaine : enfin ça a été une revue sensationnelle. Puis on l'a installé dans ses appartements, au musée de l'Homme et on l'a soigné pendant six mois.
On a cherché d'abord ce qu'il avait : c'était un champignon qui lui mangeait le dos. Il avait été contaminé par l'humidité dans le musée du Caire avec tous les touristes. Et puis, après cela, on l'a irradié à Saclay. C'est mon mari qui s'en est occupé, naturellement, et on l'a renvoyé dans un avion militaire français spécialement affrété pour Ramsès, six mois après. C'est une très belle histoire, mais il y

En Haute-Égypte,
Thèbes ouest

a des gens qui n'ont pas compris — Oh ! Ce sont quelques égyptologues idiots. Quand Ramsès est parti de Paris, j'ai pensé : « *Il faut quand même qu'on fasse quelque chose pour lui.* » Paris rayonne sous l'obélisque de Ramsès. Alors j'ai demandé au chauffeur d'aller lentement tout autour de l'obélisque, de faire le tour de son obélisque : c'est lui Ramsès II qui les avait fait ériger ! J'ai des collègues qui ont trouvé ça stupide. Moi, je ne trouve pas ça stupide, Ramsès a salué son obélisque !

15. Comment pensaient les Égyptiens

« Vous vous apercevez qu'ils sont très proches de nous... »

A.-M. R. : Vous parlez de ces petits gestes qui rendent l'égyptologie plus humaine ?

C. D. N. : Oh, ils ne sont pas toujours très humains les égyptologues...

A.-M. R. : Dans plusieurs de vos écrits, vous êtes assez critique envers les égyptologues de bibliothèque, ceux qui préfèrent la recherche livresque au terrain.

C. D. N. : Oh non ! Parce que je connais des gens qui ne sont pas allés souvent en Égypte, qui sont des chercheurs philologues et qui étudient la grammaire ; ceux-là ont raison, bien sûr ils devraient aller en Égypte, mais... Mais alors, ceux qui se permettent de parler des monuments, des fouilles, des recherches sur le terrain et qui n'y vont pas : laissez-moi rigoler !

Sous les fondations de la digue de la Vallée des Reines, découverte d'un dépôt magique de protection
Vallée des Reines

A.-M. R. : Vous dites aussi : pour être un bon égyptologue, il faut être pleinement humain.

C. D. N. : Ah, si vous n'essayez pas de comprendre, non seulement vos voisins, mais la mentalité des anciens Égyptiens… Il faut pénétrer dans leur esprit, essayer de suivre leurs pensées, leurs réactions surtout. Ils sont très près de nous. Mais il ne faut pas l'ignorer. Et quand vous avez bien étudié la mentalité des Égyptiens, par leurs contes populaires, par leurs textes religieux, par tout, mais vous êtes chez vous ! Vous vous apercevez qu'ils sont très proches de nous.

A.-M. R. : Très proches même par la religion, puisque vous avez écrit beaucoup de choses sur les origines égyptiennes d'un certain nombre de symboles chrétiens. Pour vous, il y a une filiation évidente.

Préparation, avec l'équipe, de la fouille d'une entrée de tombe Vallées des Reines

C. D. N. : Oui, sans aucun doute, cela vient d'Égypte, par de multiples étapes. Ils avaient compris ce qu'était le déisme, ils vont droit au but. Vous savez, c'est la ligne droite. Ce sont des gens qui avaient la géométrie dans l'âme et dans le geste. Regardez leurs statues : ce sont des types pour lesquels les chemins courbes ne vont pas ! C'est comme ça chez les Égyptiens. Ou alors ce ne sont pas des Égyptiens !

16. L'esprit des lieux

« Les sites que j'aime bien sont situés derrière la montagne thébaine où les touristes ne vont jamais... »

A.-M. R. : Quand vous vous trouvez devant un site, de quelle façon vous parle-t-il ? Parce que je pense qu'il vous parle, vous le ressentez. Il y a un esprit différent dans chaque lieu.

C. D. N. : Si je vous disais que je suis presque sans sensations dans les sites qui ont été trop parcourus par les touristes. On a l'impression qu'ils ont tout défloré. C'est stupide ce que je dis…

A.-M. R. : Ils ont enlevé l'âme du site ?

C. D. N. : Ils ont enlevé l'âme du site. Mais si je me trouve un jour devant le même site, où il n'y a plus de touristes, par exemple au coucher du soleil ou un matin très tôt, alors il retrouve un peu son âme. Mais à partir du moment où vous arrivez à Deir el-Bari, où vous trouvez des petites bicoques où on vend les souvenirs, des types qui vous vendent des fausses statues : c'est fini.

Bassin de la grotte, découverte des dépôts rituels
Vallée des Reines

A.-M. R. : Est-ce qu'il y a des lieux qui vous ont parlé plus que d'autres ? Où vous avez trouvé un esprit ? Lesquels, par exemple ?

C. D. N. : Ceux qui ne sont pas visités par les touristes, où on est seul avec les monuments. Justement les sites que j'aime bien sont derrière la montagne thébaine où les touristes ne vont jamais. C'est extraordinaire.

A.-M. R. : La grotte...

C. D. N. : La grotte naturellement, mais elle n'est pas tellement derrière la Vallée… Mais quand vous allez sur le chemin qui va dans les vallées de l'ouest, les vallées perpendiculaires ou même latérales, alors, à ce moment-là, vous êtes dans l'Égypte ancienne, l'Égypte éternelle.

A.-M. R. : Là, y êtes-vous de plain-pied ?

C. D. N. : Oh oui, on est « chez les copains ». On ne pense pas qu'un tel a été enterré là ou un tel est venu là. On est entre vieux Égyptiens, on parle la même langue.

A.-M. R. : Racontez-nous un peu comment vous avez découvert la signification de cette fameuse grotte.

C. D. N. : Je connais [cette grotte] depuis très longtemps, mais sans la connaître. Elle est au fond de la Vallée des Reines. Et je n'avais jamais été au fond de la Vallée des Reines. On arrive, on visite les tombes, c'est une vallée en demi-cercle et quand vous tournez le dos au fond, c'est-à-dire à l'entrée de la grotte, vous avez l'impression que vous êtes pris dans deux bras de montagne. Devant vous, vous avez le Nil et Louxor, mais très loin. Moi je n'avais jamais été dans le fond de la Vallée, donc je ne connaissais pas très bien les lieux. Et pendant des années, je suis arrivée jusqu'à l'entrée de la grotte sans y pénétrer, parce que d'abord il y avait beaucoup de gravats, et puis je regardais au loin le Nil, la rive droite — très loin du reste, parce que c'était au-delà de la zone cultivée. J'avais trente ouvriers, pas plus. On a déblayé la Vallée des Reines complètement. On a nettoyé une vallée qui était couverte de gravats jusqu'à l'os !

A.-M. R. : Et alors, vous avez donc fouillé cette grotte ?

C. D. N. : La grotte, c'était hors fouille. Il n'était pas question de fouiller la grotte, mais elle m'intéressait beaucoup et je me disais : « *Cette grotte est ouverte au sommet, il y a des pluies torrentielles dans le désert, elle a donc reçu des pluies torrentielles. Et ça se voit : sur le sol de la grotte ce ne sont pas des gravillons antiques, ce sont des choses produites par des averses répétées. Si j'avais la bonne idée de fouiller le sol de cette soi-disant grotte, [on trouverait] peut-être des vestiges antiques.* » J'avais une équipe très gentille mais ils étaient un peu jeunes et ils n'y croyaient pas. Ils disaient : « *Oh, vous dites ça, mais qu'est-ce que vous voulez qu'il y ait là-dedans ?* » — « *Écoutez, on verra. Fichez-moi la paix, quand vous aurez quelques années de plus, on verra.* » Alors, on a fouillé, on a trouvé une grotte qui était en forme de quille de bateau, entièrement peinte au minium, à la peinture rouge ocre du désert. Dans le sol, il y avait des vestiges, de ce qu'on appelle, en égyptologie, le « bris des vases rouges ». Quand on fait une offrande, on prend un vase en terre cuite rouge vernissé et on le brise pour le faire passer dans l'Au-delà, avec des offrandes à l'intérieur. Et j'en ai trouvé de toutes les formes. Comme c'était dans le fond de la grotte qui a été ensuite visitée par les eaux de pluie [responsables] des graviers et des [débris de pierres éclatées], j'avais à peu près tous les morceaux pour reconstituer ces poteries qui étaient très belles et avaient des formes originales. J'ai pu fouiller la grotte, j'ai trouvé les offrandes qui étaient dedans, enfin des tas de choses. [La grotte] était peinte à la couleur rouge parce que c'étaient les entrailles de la déesse qui mettait au monde la vie d'Égypte, par l'eau qui tombait et c'était les eaux de la naissance. Il y avait sur les flancs de la grotte des dates qui rappelaient les pluies les plus énormes que cette grotte avait reçues au Nouvel Empire, la période des pluies torrentielles. C'est très joli, c'est tout à fait inattendu !

A.-M. R. : Après toute une vie de recherches très savantes, vous arrivez à une conclusion très simple justement, c'est que les Égyptiens étaient des gens simples, directs qui écoutaient la nature et qui l'interprétaient et qui la comprenaient.

C. D. N. : Très près de la nature ! Ils comprenaient tout. Beaucoup de phénomènes que nous n'avons pas nous-mêmes très bien perçus. Ils étaient très près de la nature et très près scientifiquement de la nature physique. Ça, il n'y a aucun doute. Ils étaient beaucoup plus calés qu'on ne le croit. Ce n'est pas du tout que je crois à la magie d'une science occulte : mais c'étaient des êtres d'abord très intelligents et puis très simples, ils cherchaient le pourquoi des choses en commençant par ce qui est le plus naturel, le plus simple. Ils avaient trouvé des choses étonnantes. Ça, ce sont les Égyptiens. Ils sont au début des découvertes physiques.

17. Un dernier conseil

« Avoir le feu sacré, ne jamais être négatif... »

A.-M. R. : Si vous deviez donner un conseil à de jeunes égyptologues, qu'est-ce que vous leur conseilleriez de faire ? Et quel regard leur conseilleriez-vous d'avoir sur l'Égypte ?

C. D. N. : D'étudier profondément la civilisation égyptienne, d'essayer de confronter des opinions de certains égyptologues sérieux entre elles, de ne pas aller trop vite dans les jugements. Et puis d'avoir le feu sacré ! Il faut être très perméable et essayer de s'approcher le plus possible de la mentalité des Égyptiens. Plus vous essayez de comprendre le pourquoi des choses, mais de façon très matérielle, plus vous arrivez à les approcher. Si vous prenez de haut les choses — ils sont fous ceux qui ont fait ça ! — c'est fini, ce n'est même plus la peine de continuer. Il faut vous dire — je suis pleine d'humilité – que si les Égyptiens ont fait ça, il y a une raison. Il n'y a jamais de résultat sans cause. Ça, c'est sûr. Alors il faut donc interroger, être sensible aux choses et ne jamais être négatif. Quand les gens disent : « *Ces toqués d'Égyptiens ! Ce sont bien là des idées d'Égyptiens !* », alors, c'est fini !

A.-M. R. : Avez-vous l'impression d'avoir suivi cette démarche ?

C. D. N. : C'est une méthode que j'ai suivie petit à petit. Ce n'est pas venu tout d'un coup.

A.-M. R. : Petit à petit, vous avez compris qu'il fallait adopter cette méthode.

C. D. N. : C'est le seul moyen, autrement on ne comprend rien. Mais il faut se garder d'avoir trop d'imagination. Il n'est pas mauvais d'avoir un peu d'imagination, pour ne pas être insensible, mais il faut faire très attention parce qu'il y a trop de gens qui sont farfelus !
Il faut avoir une mémoire, d'abord visuelle, et se dire : « *Tiens, j'ai vu cela quelque part, même si ce n'était pas tout à fait ce qui concerne l'objet sur lequel ça se trouvait... il y a une raison pour laquelle ce décor est sur cet objet. Et pourtant, ce décor, on le trouve sur quelque chose de tout à fait différent. Alors quel est le point de contact ? (Car il faut toujours s'occuper de l'environnement avant de s'occuper de l'objet de vos recherches.) Où suis-je ? Qu'est-ce qui m'entoure ? Qu'est-ce qu'il pouvait se faire là-dedans ? Quel est le message ? Pourquoi ont-ils choisi ce site ?* »
Alors, on arrive tous, à peu près, à comprendre. Quelquefois, on met du temps, mais enfin on y arrive !

Entretien réalisé par Anne-Marie Roméro, à Paris, en mars 2006

Où suis-je ?
Qu'est-ce qui m'entoure ?
Qu'est-ce qu'il pouvait se faire là-dedans ?
Quel est le message ?
Pourquoi ont-ils choisi ce site ?

Chronologie

Époque protohistorique
Période nagadienne vers 4000-3100
Narmèr

Époque thinite
Ire dynastie (Roi serpent) vers 3100-2900
IIe dynastie vers 2900-2700

Ancien Empire
IIIe dynastie (Djéser) vers 2700-2620
IVe dynastie (Snéfrou, Khéops, Khéphren, Mycerinus) vers 2620-2500
Ve dynastie (Sahourê, Né-ouser-Rê) vers 2500-2350
VIe dynastie dynastie (Pépi) vers 2350-2200

Première période intermédiaire
VIIe – début la XIe dynastie vers 2200-2060

Moyen Empire
XIe dynastie vers 2060-2010
XIIe dynastie (Sésostris, Aménemhat) vers 2010-1786

Deuxième période intermédiaire
XIIIe – XVIIe dynasties vers 1786-1555

Nouvel Empire
XVIIIe dynastie (Aménophis, Thoutmosis, Hatshepsout, Akhénaton, Toutânkhamon, Aÿ, Horemheb) vers 1555-1305
XIXe dynastie (Ramsès, Séthi) vers 1305-1196
XXe dynastie (Ramsès III à XI) vers 1196-1080

Troisième période
XXIe dynastie (Héry – Hor) vers 1080-946
XXIIe dynastie (Osorkon) vers 946-720
XXIIIe – XXIVe dynasties vers 792-712
XXVe dynastie (Taharqua, Chabaka) vers 745-655

Basse époque
XXVIe dynastie (Psammétique II) vers 664-525
XXVIIe – XXXe dynasties vers 525-342
Deuxième domination perse vers 342-332

Époque ptolémaïque 332-30 av. J.-C.

Époque romaine 30 av. J.-C. – 337 ap. J.-C.

Époque copte 337-641

Époque arabe 641

Bibliographie sélective

L'Art égyptien au musée du Louvre, Éditions Floury, Paris, 1941.
Le Style égyptien, Larousse, 1946. (Plusieurs rééditions ; ouvrage couronné en 1947 par l'Académie des inscriptions et belles-lettres.)
La Religion égyptienne (histoire générale des religions) Aristide Quillet, Paris, 1947. (Réédité en 1960 ; ouvrage couronné par le prix de l'association France-Égypte).
Les Sculpteurs célèbres (les Égyptiens du Moyen et du Nouvel Empire), Éditions Mazenod, Paris, 1955.
Les Femmes célèbres, tome I (reines et impératrices ; grandes dames et femmes politiques), Éditions Mazenod, Paris, 1960.
L'Extraordinaire Aventure Amarnienne, Éditions des Deux-Mondes, Paris, 1960.
Égypte : art égyptien, Grand Larousse, 1961.
Temples de Nubie : des trésors menacés, Art et Style, Paris, 1961.
L'art égyptien (« Les neuf muses »), PUF, Paris, 1962. (Traduit en plusieurs langues, réédition prévue.)
Peintures des tombeaux et des temples, Unesco, Paris, 1962. (Édité en plusieurs langues.)
Toutankhamon, vie et mort d'un Pharaon, Rainbird, Hachette, 1963. Pygmalion, 1977. (Prix Broquette-Gonin d'histoire de l'Académie française, édité en seize langues.)
Toutankhamon et son temps (catalogue de l'exposition au Petit-Palais), Association d'action artistique des Affaires étrangères, Paris, 1967. (Plusieurs éditions.)
Le Petit Temple d'Abou Simbel (en collaboration avec Ch. Kuentz), CEDAE, Le Caire, 1968, 2 volumes.
Le Speos d'El Lessiya, en Nubie, tomes I et II, CEDAE, Le Caire, 1968.
Le Monde sauve Abou Simbel (étude archéologique des deux temples). Éditions Kosku, Vienne, Berlin, 1968. (Édité en trois langues.)
Ramsès le grand (catalogue de l'exposition au Grand-Palais) ; ministère des Affaires étrangères et des Affaires culturelles, 1976. (Plusieurs éditions.)
Le Département des antiquités égyptiennes, La crypte de l'Osiris, Miniguides du musée du Louvre, Éditions de la Réunion des musées nationaux, Paris.

L'Univers des formes, NRF, Paris. (Traduit en plusieurs langues.)
Le Temps des pyramides (Les arts de transformation), volume I, 1978.
L'Empire des conquérants (Les arts de transformation), volume II, 1979.
L'Égypte du crépuscule (Les arts de transformation), volume III, 1980.
Un siècle de fouilles françaises en Égypte (exposition au palais de Tokyo), Ifao et Réunion des musées nationaux. Imprimerie nationale, 1981.
La Grammaire des formes et des styles (Antiquités : Égypte). Bibliothèque des Arts, Paris ; Office du Livre, Fribourg, 1981.
La Momie de Ramsès II (contributions égyptologiques ; histoire du roi – bilan des découvertes), Éditions Recherches sur les civilisations, Paris, 1985.
La Femme au temps des pharaons, Éditions Stock, 1986, Paris (Prix Diane-Potier Boes, de l'Académie française).
La Grande Nubiade, Éditions Stock, Paris, 1992. (Prix Saint-Simon, Prix de l'Académie française, Médaille de Vermeil)
L'Égypte vue d'en haut, Éditions La Martinière, Paris, 1992.
Amours et fureurs de La Lointaine, (Clés pour la compréhension de symboles égyptiens) Stock/Pernoud, Paris, 1995.
Ramsès II, la véritable histoire, Éditions Pygmalion Gérard Watelet, Paris, 1996.
Le Secret des temples de Nubie, Éditions Stock, Paris, 1999.
La Reine mystérieuse hatshepsout, Éditions Pygmalion Gérard Watelet, Paris, 2002.
Lorsque la Nature parlait aux Égyptiens, Philippe Rey, Paris, 2003.
Le Fabuleux héritage de l'Égypte, Éditions SW-Télémaque, Paris, 2004.

Cette bibliographie concerne uniquement les ouvrages se rapportant à des sujets d'ensemble et s'inscrit indépendamment des nombreux articles, recherches scientifiques et rapports de fouilles parus dans les diverses revues et collections spécialisées en égyptologie.

Achevé d'imprimer en France par Pollina,
85400 Luçon - n° L46104

Les éléments composant l'iconographie de cet ouvrage sont issus de la collection personnelle de Christiane Desroches Noblecourt

Éditions Pocket
12, avenue d'Italie - 75013 Paris

Dépôt légal : mars 2008.